新潮文庫

# いのちの記憶

銀河を渡るII

沢木耕太郎著



新潮社版

11985

目次

# いのちの記憶

## 銀河を渡るⅡ

# まだ、諦《あきら》めない

先日、越後湯沢からバスで一時間ほど奥に入ったところにある小さなスキー場に行ってきた。

友人知人の五家族、総勢十六人と半分。半分というのは友人の奥さんのおなかに赤ちゃんがいるからだが、とにかく上は十二歳から下は四歳までの子供中心のスキー・ツアーである。

そのツアーに出発する直前、私はこんなことを考えていた。やはりこれはもう「ギヴ・アップ」かな、と。

私はどんなことについてもあまり「諦め」を抱かないタイプの人間である。言うまでもないが、自分はオールマイティーですべてのことが可能であると過信しているわけではなく、漠然と、いつかどうにかなるだろうと思っているにすぎないのだ。

たとえば、エヴェレストの登山ということを考えてみる。私は山登りをしたこともなく、だから富士山すら登ったことはないが、エヴェレスト登山に関してはまだ「ギヴ・アップ」をしていないのだ。いまは別にエヴェレストに登りたいと思っていないが、もし本当に登りたいと思ったら、そのときは本格的に登山を始めるだろう。そして、いつかエヴェレストに登ろうとするだろう。成功するかどうかはわからないが、少なくとも、いまの時点で自分はエヴェレストを諦めなければならないとは思っていない。

一事が万事、なのだ。こんな調子で生きているおかげで、自分に「ギヴ・アップ」を宣言したものはほとんどないといった状態のままでいる。もちろん、自分に縁がないと思っているものは無数にある。私は政治家になることもなければ、自家用車としてフェラーリに乗ることもないだろう。だが、それは諦めるというのとは違う。単に無縁だということに過ぎない。そして、無縁であることをよしとしているというに過ぎない。少なくとも、自分の関心のあることについては、ほとんど諦めていないのだ。あるいは、こう言い換えてもよいかもしれない。私は、関心のあるほとんどすべてについて、できるかできないかを宙ぶらりんにしたまま放置してあるのだ、と。

しかし、その私が、これは諦めてもいいのかもしれないな、と思ってしまったのだ。

それは「スキー」である。私は、スキーについては、永久にうまくならないまま、たまに初心者コースをのんびり滑るだけのことになるのかもしれないな、となかば「諦め」かけていたのだ。

私はこの五年前までスキーが滑れなかった。スキーをしたことがなかったからだ。子供の頃は、子供がしようとするあらゆるスポーツができると自負していたが、大人になると大人がしようとするスポーツは何ひとつできないことがわかった。スキーもスケートもテニスもゴルフもしたことがない。だが、もちろん、いつかやる気になれば簡単にできるだろうという思いはあった。

あるとき、子供の友達の一家に誘われてスキーに行った。もちろん、最初から滑れるはずがなく、初級者用のコースですら、リフトで上がって降りてくるのに苦労した。ひとたび転倒するとなかなか起き上がれないのは無論のこと、途中のカーヴでは、どう滑っても崖《がけ》から真っ逆さまに落ちてしまいそうで立ちすくんでしまった。必死のボーゲンでなんとか通過したものの、顔は恐怖で引きつっていたに違いない。そのとき、私はスキーの才能がないのかもしれないという不安がよぎった。才能というのが大袈《おおげ》裟《さ》なら、適応力といってもよい。残念ながら新しいスポーツに対する適応力がなくなっているのではないだろうか……。

その翌年、私はスキーの「ワールド・カップ」の取材のためオーストリアのキッツビューエルに行った。

およそスキーなど滑れない私がどうしてそんなところに行く気になったのか、今でもよく理解できない。しかし、どこかに、未知のスポーツを、取材者としてどこまで見ることができるか試してみたい、という思いがあったような気がする。

キッツビューエルでは、ダウンヒル〈滑降〉のレースが行われるハーネンカム山の「シュトライフ」という斜面の恐怖と、スラローム〈回転〉のレース直前に見せたアルベルト・トンバの孤独な姿が印象的だった。

その取材では、同行のスキー・ジャーナリストの勧めで、レンタルのスキー靴を履いて斜面を移動していた。本当はアイゼンをつけた靴がいいのだが、履きなれない人にはかえって危険かもしれないということで、スキー靴に落ち着いたのだ。しかし、慣れない私にはスキー靴というものは途轍《とてつ》もなく歩きづらいもので、最初はどうしてこんなものでウロウロしなければならないのかと腹立たしかったが、いつの間にか気にならなくなった。

さて、キッツビューエルから日本に帰ってきた私は、ほとんど三日と日を置かず、約束していたスキー・ツアーに参加することになった。前年に怖い思いをしていたので、今年はどうしようか迷ったが、子供が望んだこともあってまた同じメンバーのツアーになんとなく参加してしまったのだ。

ところが、である。スキー場に着き、不安に思いながらスキーと靴を借り、リフトに乗ってゲレンデの上に立ち、ゆっくり滑りはじめると、どこか以前と違う。自分の意志が、靴を通してスキーにうまく伝わるような気がするのだ。そして、驚いたことに、リフトを乗り継ぐときなども、去年は降りた瞬間に転倒したりしていたのが、いちどバランスを崩しただけで、あとは苦もなく滑り降り、次のリフトに乗り継ぐことができるではないか。そればかりか、山頂に登っても、降りてくるのに一度も転倒しない。適当にスピードをコントロールできるし、かなり楽にターンもできるようになっていた。これには自分でもびっくりしてしまった。

それはいったいなぜだったのだろう。

滑る直前に世界有数のスキー場に行ったからとか、世界最高のスキーヤーの滑りを見たから、というのは理由になりそうもない。なにしろ、キッツビューエルでは一度もスキーの板をつけなかったのだ。突然、正しいスキーの滑り方が頭の中にインプットされてしまったとか、スキーの神様が体内に宿ったということでもないだろう。もしかしたら、ここが二度目だからということもあったかもしれない。しかし、前年は、ここで滑った直後に蓼科《たてしな》高原のスキー場にも行ったのだが、まったく滑りに進歩がなく、ただ怖い思いしかしなかった。それなのにどうして急に滑れるようになったのか。

考えられるのはただひとつ、キッツビューエルでレースを見ていた間中、何日もスキー靴を履きつづけていたということだ。

スキーの初心者にとって、もっとも困惑させられるのは、あのガチガチのスキー靴である。あれを履くと、まるで足が他人の足になってしまったように不自由に感じられてくる。そのうえ、さらにスキー板などという扱いにくい代物《しろもの》をつけなければならないのだ。これで初心者が恐怖心を覚えないはずがない。

ところが、キッツビューエルでの私は、スキーを履かずにスキー靴を履きつづけていた。そのため、靴を履きながら動くということに慣れてきた。スキー靴がガチガチのものとも感じなくなってきたし、足のどこに力を入れるとそれが靴のどこにどのように伝わるかということがよくわかってきた。それが日本でスキーをつけたときにも心理的なパニックを起こさなかった理由ではないかと思うのだ。

あるいは、スキーの初心者を教えるには、まずスキー靴だけを履かせて雪の中で鬼ごっこでもさせるといいのかもしれない。そして充分に靴に慣れたあとでスキーの板をつけさせるのだ。

いずれにしても、私はその年になんとかスキーが滑れるようになり、新しいスポーツに対する適応力を失ったのでないことを自分に証明することができた。

それから五年。

しかし、私のスキーはまったく進歩がない。もっとも年に一回だけのスキーではうまくなりようがないのだが、最初の劇的な第一歩からまったく進展がない。相変わらず上級者用のコースには怖くて入れないし、スキーの板もなかなか平行になってくれない。

そして去年、小学生の娘と山頂から滑り降りてくる途中で、不意に娘が上級者用の急斜面に入っていってしまったことがある。私は初・中級者用の迂回路《うかいろ》に入るつもりで先行していたので、

「あっ！」

と声を出したまま、別れ別れになってしまった。

私は急いで滑り降り、上級者用の斜面の下に回り込んだ。ところが、どんなに恐ろしい思いをしたことかと心配していた娘が、

「ああ、おもしろかった」

　とケラケラ笑っている。下から見上げてもかなり急な斜面だ。私なら、上に立っただけですくんでしまっただろう。

　そのとき、私は「ギヴ・アップ」すべきなのかな、と思ってしまったのだ。だが、それはなんとなく寂しいことに思えた。それはもしかしたら、私の宙ぶらりんの人生において、初めて明確に「ギヴ・アップ」を宣言することになるかもしれないものだったからだ。

　先日、一年前からのそんな思いを抱いたまま、恒例のスキー・ツアーに参加した。

　今年の新潟地方は雪が多かった。越後湯沢の駅前も深い雪で覆《おお》われている。ここ数年、こんなに深く積もった越後湯沢は見たことがない。そこからバスに乗って奥に入っていくにしたがって、雪はさらに深くなる。

　スキー場に着いたのが夕方。その日は吹雪だったが、翌日はすばらしい天気になった。青い空がキーンと音を立てそうに澄み切っている。さらにその次の日も快晴。ところが、私たちが帰った翌日からまた吹雪に戻ったという。つまり、私たちが滑った二日間だけが晴れという、飛び切りのツキに見舞われたツアーだったのだ。

今年はどこの家族の子供たちも、小学生組は親の手を離れ、自分たちで好きなように滑っている。誰もスキー教室など入らなかったが、ほったらかしにしているうちにみんな上手になった。年に一度しか滑らないというのに。

子供の面倒を見なくても済むようになったおかげで、私たちも自由に滑ることができるようになった。ゲレンデを自由なペースで自由に滑り降り、ひとりでリフトに乗ることもできる。

強い陽光に照らされ美しく輝いている雪の表面にぼんやり眼を向けていると、点々と動物の足跡らしいものが見える。あれはウサギなのだろうか。すると、こちらに見えるのはキツネかタヌキなのだろうか。

山頂から滑ってくると、微妙に周囲の山々の景色が変わっていく。そんなこともいままで気がつかなかった。今年も上級者コースには入らなかったが、ひとりで気ままに滑り降りる心地よさには格別なものがあった。

そうした往復を二、三度繰り返していると、心が解き放たれ、伸びやかになっていく。そして、スキーが初めて楽しく感じられてきたのだ。

私は、思った。まだ諦めるには早すぎるのかもしれないな、と。

スキーに関しては、私でもまだまだ味わうことのできる世界があるのかもしれない。

焦《あせ》ることはない、もう少し「ギヴ・アップ」を宣言するのを延ばしてみよう。たぶん私は永遠に初心者の域から抜け出すことはないだろう。しかし、初心者として、もう少し修練を積んでもいいかもしれない。

——熟練した初心者になってみようか。

ふと、そんな言葉が浮かんできた。

（96・4）

# 教訓は何もない

外国を旅行していて、外国人と話すことになると、その相手がアメリカ人やイギリス人でないとホッとする。私には英語以外に話せる外国語はなく、その英語もカタコトの域を出ない。そのため、相手が生まれたときから英語を使っているような人だと聞き取れないことが多いのだ。

そこへいくと、私のように慣れない外国語としての英語を操っている相手だと、話していることを理解するのが比較的楽である。それには、外国語によって意思の疎通《そつう》を図ろうとするため、互いに必死になるということもあるのかもしれない。

ある秋、北欧の小さなホテルに滞在していた私は、やはりそこに滞在している何人かと親しくなり、夕食後は小さな談話室の暖炉を囲み、酒など飲みながらよもやま話をするようになった。それに常に参加していたのはドイツ人とスイス人とスウェーデン人であり、幸いなことにアメリカ人もイギリス人もいなかった。だから、共通の言葉として話されていたのは英語だったが、その英語は私にも聞き取りやすい四角張ったものが多かった。

その日、いつものように暖炉のまわりに集まって夕食後のカルヴァドスを飲んでいると、ひとりがこんな話をしはじめた。

——激しい吹雪の夜、森の一軒家に旅の男が訪れた。

「一晩、泊めていただけませんか」

旅人が頼むと、その男の顔を一瞥《いちべつ》した老人が素っ気なく断った。

「おまえを泊める部屋はない」

「外は吹雪です」

「そう、ひどい吹雪だ」

「このままでは凍え死んでしまいます」

すると、老人が言った。

「旅の人よ、おまえはもう死んでいる」

旅人は激しく頭を振った。

「私は生きています」

「いや、死んでいる」

「どうしてそんなことを言うのです」

旅人は恐怖に満ちた顔で訊《たず》ねた。

「人は心の中にいくつもの部屋を持っているものなのだ。父母と過ごした部屋。愛する女と暮らした部屋。かわいい子供と遊んだ部屋。しかし、おまえの心の部屋はみんな死んでいる。そうでなければ、どうしてこんなところまで来ることがあろう。心の中の部屋が死んでしまった者は、生きていないと同じなのだ」

そう言うと、老人は旅人を吹雪の中に残したままバタンと扉を閉めてしまった……。


話はそれで終わりだった。その話には、いま自分たちのいる土地がかなり緯度の高いところであり、近くにはいかにもそんな老人が住んでいそうな森があるというところからくる不思議なリアリティーがあった。

しかし、その話によって彼は何を言おうとしているのだろう。

私がぼんやり考えていると、同じような疑問を抱いたらしいひとりがこう訊ねた。

「ホワット・イズ・ザ・レッスン?」

レッスンというのは教訓という意味にもなる。つまり、その教訓は、と訊ねたのだ。

すると、その話をしてくれた男がニヤッとしながら言ったものだ。

「ゼア・イズ・ノー・レッスン」

教訓は何もない、と。


私はときどきそのやりとりを思い出すことがある。旅人の心の部屋というイメージにも惹《ひ》かれるものはあるが、それ以上に、話し手が笑いながら言い放ったひとことが強く印象に残ったのだ。

「教訓は何もない」

まさに、その話の教訓はそこにあったともいえるほどだった。

どうしておまえたちはすべてのものに教訓を求めるのか。ひとつの話を聞く。どうしてそこに教訓があるなどと考えるのか。教訓を引き出すということは、そこですべてを終わりにして安心するということだ。あるいは、ひとつの事件が起きる。すると、その出来事の一端が露《あらわ》になっただけで、すぐにわかったような顔をして、たんなる思いつきをしゃべりはじめる人がいる。そして、その事件から教訓なるものを引き出し、ひとりよがりの説教をして幕を下ろそうとする。物事によっては教訓などないものもありうるのだ。あるがままの話、あるがままの出来事を、ただ受け入れるより仕方がないものもあるのだ。もしかしたら、教訓など引き出せない方が普通だとさえいえるかもしれないではないか……。

何事であれ、性急に教訓を求めようとする人たちを見ると、あのホテルで聞いたひとことを投げつけたくなる。

「教訓は何もない」

と。

つまりそれは、黙って考えつづけよ、ということなのだが。

（97・12）

## あの春の夜の

ノンフィクションを書くという私の仕事にインタヴューを「する」ことは不可欠だが、正直に言えば自分がインタヴューを「される」ことはあまり好きではない。しかし、新たに本を出したりすると、いわゆる「著者インタヴュー」なるものを受けなくてはならなくなる。

もちろん、いやなら受けなくともいいのだが、せっかく自分の本の宣伝をしてくれようとしているのにと思うと無下に断れなくなってしまう。

最近もあるところに連載していた文章をまとめて一冊にしたため、連日インタヴューを受けざるをえなくなってしまった。出版元が小さく、あまり派手に広告は打てないだろうから、せめて雑誌のインタヴューくらいはまめに応じ、個人的にささやかな宣伝活動をしようと思ったのだ。

その「著者インタヴュー」のひとつで、雑誌の編集者から思いもかけない要求が出された。会うときに愛用品を三つ持ってきていただけないだろうか、というのだ。私には愛用品などといえるようなものはない。そう言って一度は断ったが、その編集者は、文具でも衣料品でも何でもいいから、と必死に食い下がる。しかし、そう言われても、私には筆記具や原稿用紙に凝る趣味はなく、ジャケットやコートも出来合いの安価なものを着ているにすぎない。とにかく、私は物を買うのがあまり好きではないのだ。本とCDくらいは買いに行くが、あとはできるだけ買わないで済ませたいと思っている。服など、着ることができるのなら、春夏秋冬、百年でも同じ服でかまわないと思っているくらいなのだ。

だが、最後まで愛用品などないと突っぱねるのも悪いように思え、「いま読んでいる本に、いま聴いているCDに、あと何かひとつでよければ」という、いささか苦し紛れの提案をすることになった。編集者はそれで充分だと言う。問題は「あと何かひとつ」の「何か」だったが、それは腕時計とすることでなんとか解決した。もちろん、その腕時計も別に愛用の品というわけではなく、二十年以上も前に知り合いから贈られたのを、惰性でつけつづけているにすぎないものだった。しかし、世の中ではそれをこそ「愛用する」というのだ、と編集者に説得され、「愛用品」とすることを受け入れたのだ。

その腕時計は国産の何の変哲もないものだが、裏に私の名前とひとつの言葉が彫られている。

KOTARO SAWAKI

VIVAT DOCUMENTUM!

ラテン語で「ドキュメンタリー万歳」というような意味らしい。そこにそんな文句が彫られているのは、この腕時計が「大宅《おおや》壮一《そういち》ノンフィクション賞」という賞を貰《もら》ったときの祝いの品であるからだ。

永くジャーナリズムの海で泳ぐことを続けている書き手には、そのときどきでもっとも密接な関係を持つ雑誌というのがあるような気がする。単に仕事をよくする場というだけでなく、その雑誌と同伴するようにして生きているということがあるように思えるのだ。もしかしたら、それは書き手にとっても、雑誌にとっても幸せな時期ということになるのかもしれないが、私にとってそのような意味を持った雑誌は、二十代の前半では「調査情報」という放送専門誌であり、二十代の後半では「日本版PLAYBOY」だった。

思い起こしてみれば、「日本版PLAYBOY」に書いた作品は必ずしも多くないが、発表したいくつかは私にとって極めて重要な意味を持つ仕事となった。日本におけるノンフィクションの世界がまだ混沌《こんとん》としていて、私は私なりの方法論を見つけようと悪戦苦闘している時期だったということもあったのだろう。「日本版PLAYBOY」での仕事には、それ以後の大きな仕事につながる、方法論的な布石となるものがいくつもあったのだ。

しかし、私にとってそれ以上に大きな意味を持ったのは、編集者たちとの付き合いだった。彼らとは、年齢が近いということもあり、よく一緒に酒を飲み歩いたものだった。六本木で深夜まで飲み、何人かと交差点付近を歩いていると、向こうから同じ編集部の何人かが歩いてくるのに出くわし、そのまま合流して赤坂に繰り出し、朝まで飲む、などということを繰り返していた。スペインへ一ヵ月も一緒に旅をして、一行も書かないというようなこともあった。それでも、「日本版PLAYBOY」の編集部は笑って許してくれた。彼らとの日々は、私にとって一種の「青春」に近い輝きを持っていた。

私が「大宅壮一ノンフィクション賞」を貰ったのは、彼らとの付き合いがもっとも濃厚な時期だった。腕時計は、その編集者たちが贈ってくれたのだ。

授賞式の夜。私は種々のセレモニーをこなすと千鳥ヶ淵《ふち》に赴き、彼らが屋外で開いてくれた宴会に参加した。出席者は編集部員だけでなく、そこに出入りしているライターやカメラマンを含めて二十人はいただろう。

季節は春。しかし、桜の季節は終わっていたように思う。まだいくらか肌寒さは残っていたが、そのような奇抜なところで祝ってくれる彼らの好意がうれしかった。

深夜を過ぎ、酒がなくなってしまったあとも、誰もがなんとなく別れがたく、編集部のある社屋に戻って飲み直そうということになった。

結局そこで朝まで飲みつづけることになったのだが、そのとき、酔っ払ったひとりが椅子《いす》を放り投げ、他の編集部との境の大きなガラスを割ってしまい、以後、その出版社ではこういう決まりができたという。

「飲んだら、戻るな」

それから二十年。雑誌も変わり、編集者たちの境遇も変わり、私も変わった。

私は、いまでもその腕時計の裏に彫られた「VIVAT DOCUMENTU

M！」という文字を見るとかすかに胸が痛む。それは多分、私も若く、日本のドキュメンタリーも若かった一時期を思い出すからだろう。そして、その若かった私と、若かったドキュメンタリーから、自分がどれほど離れてしまったかを思うからだろう。その腕時計は「愛用品」ではない。しかし、壊れるまで私の腕にあるだろうことは間違いない。

（02・5）

# 三枚の記念写真

よく、アメリカのビジネスマンのオフィスなどを訪ねると、机の上に家族の写真が置いてあったりする。それはそれで悪くない習慣のような気もするのだが、あまり感心できないものに、壁に貼《は》られている有名人との記念写真がある。政治家や経営者、あるいは芸能人やスポーツ選手との「ツー・ショット」の写真が麗々しく掲げられていたりする。

もちろん、私には自分の仕事場にその種の写真を置いたり掲げたりする趣味はない。そもそも、「有名人」と記念写真を撮ろうという気がないのだから、掲げようにも掲げようがないのだ。

思い返して見れば、日本だけでなく、外国でも「有名人」と言われるような人には数多く会っている。もし、そのたびに記念写真を撮っていれば膨大な数になっていたことだろう。

しかし、そうした私に、例外的に残っている記念写真が何枚かある。そして、その中でも気に入っているのが次の三枚である。

一枚目は、一九九一年、アメリカのアトランティック・シティーでジョージ・フォアマンと撮った写真。二枚目は、一九九四年、アメリカのヒューストンでモハメッド・アリと撮った写真。三枚目は、一九九九年、アメリカのラスヴェガスでマイク・タイソンと撮った写真。すべてアメリカで、すべてヘヴィー級の元世界チャンピオンとの記念写真ばかりである。

どうして、これらの写真が例外的に残っているのか。それは、アメリカに、林一道というボクシングを専門に撮っているカメラマンがいるからなのだ。

林さんは、アメリカのボクシング界で「カズ」という愛称で呼ばれ、絶大な信頼を得ている。林さんは律義《りちぎ》な性格で、ボクサーだけでなく、どんな裏方でも、写真を撮らせてもらうと必ず焼き増しして送っている。だから、いまでは、林さんの顔を見ると、向こうから「カズ、撮ってくれよ」と声を掛けてくるほどなのだ。

私も、アメリカでヘヴィー級の世界戦を見るときは、その林さんと必ず会うことになる。すると、林さんは、私のためにアメリカのボクシング界のさまざまな人を紹介してくれようとする。最初のうちは尻込《しりご》みしていたが、いつの間にか林さんの言うことには自然に従うようになっていた。そして、一緒に話したり、食事をしたりすると、最後に必ず記念写真を撮ろうと言ってくれる。もちろん、林さんは撮ると私にも送ってくれる。そのようにして、アメリカのボクサーやトレーナーやプロモーターやジャーナリストとの記念写真が増えていったのだ。

中でも、やはり特別な写真はフォアマンとアリとタイソンと撮った三枚ということになるだろうか。

フォアマンとは、このあとに長期の取材をすることになるが、百八十センチの私より、さらに頭ひとつ大きい彼は、二つ年下であるのにもかかわらず、最後まで私を子供扱いしたものだった。

アリは、もちろんすでに体の動きも言葉も不自由だったが、カメラを構えられると、私のためにパンチを顎《あご》にいれるパフォーマンスをしてくれた。

タイソンとは、握手をしているところを撮ろうということになったが、いま見ると、なんとなく私がへっぴり腰になっているところが笑える。

これから先も、私が積極的に「有名人」と記念写真を撮るようになるとは思えないが、この三枚は大事にとっておくことになるだろう。なんと言っても、ボクシングのヘヴィー級チャンピオンというのは特別の存在であり、この三人はその中でも特別であるからだ。

（03・6）

# いのちの記憶

子供のころ、朝早く起きなくてはならないことがあると、私は父によく頼んだものだった。

「明日の朝、起こしてくれる？」

そう言って、起こしてもらいたい時刻を告げる。すると、父はうなずき、それがたとえどのような時刻であっても必ず起こしてくれた。私は起こしてもらうたびに不思議に思ったものだった。お父さんはどうしてこんなに早い時間に起きられるのだろう？

やがて、私も父親となると、子供に頼まれることになった。

「明日の朝、起こしてくれる？」

そして、気がつくと、子供に言われた時刻に起きて、子供を起こしている自分がいた。自分が親になってみると、子供のために朝早く起きるなどということは、少しも難しいことではないことがわかる。しかし、起こされた子供の眼には、恐らく子供のころの私が浮かべていただろうものと同じ種類の不思議そうな光が宿っている。お父さんはどうしてこんなに早い時間に起きられるのだろう？

もし、子供に面と向かってそう訊ねられたら、どう答えていただろう。大人になると目ざとくなるのさ。あるいは、大人になると責任感が増すのさ、とでも答えていただろうか。しかし、どれも違っているような気がする。親にとっては子供に頼まれたことをするのが少しも苦痛ではないのだ。もしかしたら、それは「喜び」ですらあるかもしれない。

あるいは、私の子供のころの食卓での記憶に、こんなものがある。食べ盛りの私のおかずの皿に何もなくなってしまうと、母が自分の皿から肉や魚を私の皿に移してくれて、言う。

「食べなさい」

そのときも、子供のころの私は思ったはずだ。お母さんはおなかがすかないのだろうか、と。

そして、気がつくと、親になった私も母と同じようなことをやっていた。年を取ると、育ち盛りのときほどの食欲がなくなっているということもあるだろう。だが、それだけでなく、なにより子供がおいしそうに食べている姿を見ることは自分の「喜び」であるからだ。

ある意味で、親は子に、「睡眠」や「食物」を削って、与えていると言えなくもない。だがそれは、親の「義務」だからというのではなく、「喜び」であるからだ。それを愛情と言ってもよい。しかし、大方の親たちは、それを愛情とも意識しないまま、ごく普通に行っている。「睡眠」を削り、「食物」を削るということは、「生命」を削るということと等しい行為である。自分の「いのち」を削って、子に与える。それが何でもないことのように行われることによって、「いのち」もまたごく自然に伝えられることになるのだ。

しかし、もしも何かの理由でそれがうまくいかなくなったとしたら？

かつて私は、家庭というものに襲いかかる最も悲痛な出来事は何だろうと自問し、その最大のもののひとつは幼い子供を不意に失ってしまうことではないかと自答したことがある。たとえそれが病気によるものであれ、事故によるものであれ、場合によっては犯罪によるものであれ、不意に幼い子供を奪われること以上に家庭を苦しめるものはないのではないかと考えたのだ。

しかし、そのときの私には、自らが手を下して幼い子供を傷つけたり、殺《あや》めたりする父親や母親がいる家庭のことはまったく視野に入っていなかった。そんな父親や母親が存在するのは遠い外国の社会、たとえばアメリカのような社会だろうというくらいに思っていた。

ところが、ここ数年、日本のさまざまな土地で幼い子供への虐待《ぎゃくたい》の存在が明らかになるにつれ、この国においてもその病根はすでにかなりの深さに達していることを認めざるを得なくなってきた。もしかしたら、家庭における最も悲痛な出来事とは幼い子供に対する虐待であるのかもしれない、と思うほどに。

幼児ならともかく、学齢期にあるような子供が、どうしてそれほど苛酷《かこく》な仕打ちを受けながら、逃げ出したり、誰かに告げたりしないのかという意見がある。だが、それは、たとえどのような親であれ、幼い子供にとって親は常に圧倒的な存在だということを考慮に入れていない浅薄な意見だと思われる。実際、私たちが幼かったころのことを考えてみればいい。自分を取り囲む世界の中で父親や母親の存在がどれほど大きいものだったか。夜中にふと目が覚め、もしお父さんやお母さんが死んでしまったら自分はどうなるのだろう、と途方に暮れつつ思いを巡らせたことはないだろうか。その父母に、さらに暴力が加われば、それは絶対的な存在になってしまう。幼い子供たちに、自力でその引力圏から脱する勇気や知恵を持つことを求めるのは酷な話なのだ。

たぶん、子供を虐待する父親や母親は、自分が親から「いのち」を与えられた記憶が希薄な人たちなのだろう。

親から「いのち」を与えられた記憶は、自分の子へ「いのち」を与える行為につながっていく。つまり、それは「いのち」をめぐる記憶の連鎖とでもいうべきものだ。もし、その記憶の連鎖が途切れたら、人間にとって何よりも大切なはずの「いのち」の連鎖もまた途絶えてしまうのかもしれない。

（05・1）

# すべてを自分たちの手で

自分の人生において、これは幸運だったなと思えることがいくつかある。そのひとつとして、それもとりわけ重要なひとつとして、都立の南高校に入学したことがあげられる。もし南高校に入っていなければ、気ままに文章を書いて生きていくという私の現在はなかったように思う。

私が南高校に通うことになったのは、まったくの偶然によっていた。当時の都立高校は、入学試験で一定以上の点数を取ってさえいれば、志望する高校に落ちても他の高校に入れるという救済措置があった。私が日比谷高校に落ちたときも、いくつかの高校に入ることが可能だった。確か、その中には三田高校とか八潮高校とかいう名前があったと思う。

日比谷高校を受験する際、中学の教師の多くが「おまえの実力では合格できるかどうか不確実だからワンランク落とした方がいい」と勧めたとき、断固として「自分の好きなようにしなさい」と言ってくれたのが担任の女性教師だった。日比谷に落ちて、さてどこの高校に行こうかと考えていたとき、その担任の女性教師が私に向かって言った。

「君は、新しい高校が向いていると思う」

私はそのひとことで新設の南高校に行くことを決めたのだ。そして、私はすぐにその担任の女性教師の言葉の正しさを知ることになった。

新設の南高校では私たちが一期生であり、私たち以外に生徒はいなかった。校舎が増設中であったり、グラウンドが整備されていないといった条件の悪さはあったが、上級生がいないということは極めて心地のよいものだった。上級生がいないことでどんなに自由に跳びはねても頭を押さえつけられることがなかった。もし、伝統のある高校に行ったとしたら、上級生との摩擦や葛藤《かっとう》で多くのエネルギーが無駄に費やされてしまったことだろう。

なにより、あらゆるものを自分たちの手で作り出していくというのがよかった。自分たちの欲しいクラブを自分たちで作り、必要と思われる学校行事を見よう見まねで生み出していく。すべて自分たちが「始め」なければ「始まり」はないのだ。

大学受験に関しても、私たち生徒はもちろん、教師たちもまったくの手探りだったと思う。学年でどのくらいの成績を取っていればどのていどの大学に合格できるか、といった基礎的なデータの蓄積すらないのだから無理もなかった。しかし、私にはそのことも幸いした。受験のシステムが確立されていなかったために、勉強以外のことをするのに罪悪感を抱かなくて済んだ。

陸上競技部の部長をし、落語研究会の会長を頼まれ、文芸部の友人の誘いに応じて、部の雑誌に短編小説を書いていた。一年に一冊のその雑誌に、わずか一編の短い小説を書くためにどれほどの時間が費やされたことだろう。勉強などほとんどしないまま、スポーツをし、本を読み、小説を書き、アルバイトをし、ひとりで旅をし、何か訳もわからないものに関して悩むこともできた。

高校三年になって、まったくいい加減に東京大学の経済学部を受験することにしたが、試験を受けるとこれまた落ちて、結局、まぐれで合格した横浜国立大学の経済学部に現役で入学することになった。

もし、浪人などをして、東京大学の経済学部に行っていたら、私の人生はかなり限定されたものになっていただろう。横浜国立大学の経済学部に行ったということ、そしてそこでひとりの大学教師に出会ったことで、私の現在の、他人からはまったく「能天気」と思われるだろう人生が開始されることになった。

その大学教師も、中学の担任の女性教師と同じように、卒業に際してどのような道に進むべきか迷っている私に向かって、こう言ったのだ。

「君は、自由な道が向いていると思う」

新しい高校、自由な道。教師たちのそうした言葉に送り出されるようにして現在の私がある。

私がいっさいの組織に属さず、まったくのフリーランスとして生きて行くときの基礎となったものは、たぶん、高校の三年間の「すべてを自分たちの手で」という経験だったのだと思う。

その貴重な経験をさせてくれた高校がなくなるという。寂しくないことはないが、こうも思う。あの高校は私たちのために、いや私のために生まれたのではなかったか、と。私が在籍した三年間が満ち足りたものであった以上、その後にどうなろうと本質的には関係がない。あの三年間は私の人生においてもっとも豊かな三年間だった。それだけで十分だと思うのだ。

そしてそれは、「母校」がなくなることを惜しむ卒業生のすべてに妥当することであるように思われる。もし、あなたに「惜しむ」気持があるとすれば、あなたの南高校における三年間は豊かなものであったに違いない。確かに、その「記憶」は掛け替えがないものだろう。しかし、それはまた、たとえ校舎が壊され、グラウンドがなくなっても、あなたから消えるはずのないものでもあるのだ。

それで十分、ではないだろうか？

（05・3）

## 新聞記者になった日　北野新太へ

北野新太君とは、彼が「スイッチ」という雑誌でアルバイトをしているときに初めて会った。ときどき編集部の使いで私の仕事場の近くまで原稿を取りにきたり、現像を頼んでおいた写真のフィルムを届けにきたりしてくれた。

そのときの北野君の印象は、若いのにゆったりした構えの、落ち着いた話し方をする青年だなというものだった。

このまま「スイッチ」に残って編集部員になる道を歩むのだろうと思っていると、ある日突然、報知新聞に入りましたというニュースを携えて目の前に現れた。それを聞いて、ほんの少し、大丈夫かなと思った。スポーツ新聞の記者がすべてそうだというのではないが、彼のようにゆったりとした構えの人は少ないような気がしたからだ。

しかし、それからしばらくして、新聞記者となった北野君が、著者インタヴューの取材記者として私の日の前に現れた。そのインタヴューを受け、またそれによってまとめられた記事を読み、これなら記者として充分やっていけるなと安心した。

ところが――。

その日の夕方、ホテルのティールームで久しぶりに会った北野君にとりわけ変わったところがあったわけではない。

「今日は休みだったの？」

何の気なしに訊ねると、北野君がいつもとほんの少し異なる重い口調で答えた。

「いやあ、ほんとは休みだったんですけど、とんでもないことが起きてしまって」

「どうしたの？」

聞けば、ジャイアンツの有望な若手選手の結婚についての記事を他紙に抜かれてしまったのだという。いわゆる「特オチ」に近いものであるらしい。その程度の記事は抜かれてもたいしたことではないのではないか。私が言うと、報知新聞的にはたいしたことなのだという。

私はその選手の結婚の記事が載っていても載っていなくても報知新聞には本質的に変わりはないと思うのだが、若い記者が「抜かれた！」というまさにその日に会っているということが面白く、つい根掘り葉掘り訊《き》いてしまった。

話しているうちに、北野君も「たいしたことはない」という私の説に影響されてきたのか、いつものゆったりとした雰囲気に戻ってきた。

しかし、あまりにもその「特オチ」の話に熱中してしまったため、私は次の約束の時間が来ているのに気がつかなかった。腕時計を見ると、時間が迫っている。

「それじゃあ、今度はゆっくり酒でも飲みながら、その後のことを聞かせてね」

そう言って、私は席を立った。

北野君が何か言いたそうだったのが少し気になったが、そのままコートを着て出てきてしまった。

いま思えば、そのとき、北野君は自分の結婚の話をしたかったのだろう。そして、仲間が遊びで作ってくれる「結婚特別号」のこの原稿の依頼をしたかったのだろう。ところが、他人の結婚の話を書かなかったばかりに、自分の結婚の話が切り出しにくくなっていたのだ。

いや、もしかしたら、あの「特オチ」に動揺して、さすがの北野君も自分の結婚の話をするのを忘れてしまったのかもしれない。

新聞記者にとって「特オチ」はある意味での「勲章」と言えなくもない。そうした

「勲章」をいくつも手に入れていくことで真の新聞記者になっていく。そうだとすれば去年の十一月二十九日のあの日が、北野君にとっては初めて「新聞記者」になった歴史的な日だったのだろう。

どうして私がそんな日にちまで正確に覚えているのか？　この話とはまったく関係ないが、その日が私の誕生日だったからだ。

（07・1）

# この季節の小さな楽しみ

秋から春にかけて、つまりしだいに寒くなっていき、やがて暖かくなりはじめるまでの季節には、小さな楽しみがひとつ増える。

私の仕事場は自宅とかなり離れており、毎朝四十分くらい歩いて通っている。昼間、仕事場で原稿を書いたり本を読んだりすると、夜は、映画を見たり人に会ったりする用事がないかぎり同じ道を通って家に帰ることになる。

その道の途中に、あるときから今川焼き屋の店が出るようになった。それも週に一度、水曜日の夕方だけ、文房具屋の店先を借りて屋台風の店を出すのだ。作っているのは中年の女性とその娘さんらしい若い女性の二人組である。娘さんがひとりだけで作っていることも少なくない。

しばらくのあいだは通りすがりに眺めているだけだったが、ある冬の寒い晩、ついその暖かそうな明かりと匂《にお》いに誘われて立ち寄ってしまった。そして、一個百円の今川焼きを三つ買って家に帰ると、妻と娘にとてもおいしいと喜ばれた。確かに、中に入っている餡《あん》の甘さのほどがよく、全体が上品な味に仕上がっていたのだ。

それからは、仕事場からの帰りにまだ店が開いているようだと、必ず買って帰るようになった。

それにしても、どうして週に一度なのだろう。どうしてこんな人通りの少ない裏道の文房具屋の軒先を借りているのだろう……。

そのようにして二年目の冬が過ぎようとする頃、ひとりで今川焼きを引っ繰り返していた娘さんに、さりげなく理由を訊ねてみた。

すると、思いがけない答えが返ってきた。

「ここは祖母の家なんです。齢《とし》を取っているので、週に一回は母と見に来るようにしていたんですけど、それならついでにここで売らせてもらおうということになったんです」

聞けば、もともと埼玉の私鉄駅で今川焼きの店を出しているのだという。

なんというおばあちゃん孝行の孫だろう。それ以来、水曜日にはあまり予定を入れないようにして、できるだけ今川焼きを買うようになった。

あるとき、買った今川焼きを袋に入れてくれている合間に訊ねてみた。

「一日でどのくらいの数が売れるの」

「六、七百です」

それはすごい。こんな辺鄙《へんぴ》なところでよくそんなに売れるものだと感心した。そこで、「本店」ともいうべき埼玉の駅前の店はどのくらい売れるのか訊ねてみた。

「五百くらいです」

「駅前の方が少ないの？」

「ええ、あちらの方がお客さんの数自体は多いんです。学校帰りの学生さんたちなんかがよく買ってくれるんですけど、その場で食べるんで一人ひとつなんですね。でも、ここは住宅街なんで、家族の人たちのために何個も買っていってくれる方が多いんです。だから、お客さんの数は少なくても、こっちの方が売り上げは多いんです」

なるほど、商売というのは面白いものだなと感心した。

ある夜、いつものように三つ買ってお金を渡すと、お母さんの方の中年女性がいきなり言った。

「いま『凍』を読んでいます」

まさか、その人が私のことを知っているとは思わなかった。慌《あわ》てて、ありがとうございます、と言うと、お母さんはさらにこう続けた。

「でも、カタカナが多いので、なかなか前に進めなくて」

確かに、私の『凍』という作品はヒマラヤ登山の話なので、カタカナの地名や人名が頻繁に出てくる。

それからしばらくしてまた立ち寄ると、今度は娘さんにこんなことを言われた。

「母がようやく読み終わったので、いまは私が借りています」

「お母さんはカタカナが多くて苦戦していたらしいけど、乗り切れたのかなあ」

私が半分冗談めかして言うと、娘さんがいたずらっぽい口調で応じた。

「後半はようやく山の名前と人の名前の区別がつくようになったそうです」

そこで私たちは声を上げて笑い合ったが、その晩、とても幸せな気分で今川焼きを食べることができた。

しかし、つい仕事に熱中して帰る時間が遅くなると、売り切れてしまっていたりする。そんなときは、残念と思う一方で、売り切れていてよかったと思ったりもする。なんだか、身内のような気持になっているらしい。

先週の水曜日も、新聞に連載中の原稿を書いていて、ふと気がつくと午後七時を過ぎている。大急ぎで机の上を整理して仕事場を出たが、文房具屋に着くと、娘さんがすでに後片づけを始めている。

「さすがにもう残ってないかな」

私が話しかけると、娘さんが頭を下げて言った。

「すみません、またよろしくお願いします」

家への暗い夜道を歩きながら、売り切れていてよかったと思う一方で、やはり今夜はあの今川焼きを食べたかったなと思ったりもした。

（07・5）

# ありきたりのひとこと

去年の暮れのことだった。

朝、家から仕事場に向かうため集合住宅の下りのエレベーターに乗ろうとすると、そこに宅配便の制服を着た若者がやってきた。不在で配り切れなかったのか、荷物を載せた台車を押している。

一緒に乗り込んでから、降りる階数を訊《たず》ねると、やはりそのまま車に戻るらしく一階だという。私はボタンを押しながら若者に声を掛けた。エレベーターで誰かと乗り合わせたときに気まずく黙っているのがあまり好きではないのだ。

「一日にどのくらい配るの？」

すると、宅配便の若者は別にいやな顔もせずに答えてくれた。

「二百軒くらいです」

そうか、一日に二百軒も配らなくてはならないのか。いつも駆け足で配っているような印象があり、それはパフォーマンス重視の会社の方針に仕方なく従っているだけだと思っていたが、実際的な必要性もあってのことだったのか。なるほど。なるほど。

「それをどのくらいの時間で回るの？」

さらに訊ねると、彼がまたごくさらりと答えた。

「昨日は夜の九時半までかかりました」

配達先の家に人がいたりいなかったりで夜までかかってしまうのだろう。

「たいへんだね」

「ええ」

ちょうどそこで一階についてしまったので、ひとことだけ投げかけて別れた。

「頑張って」

すると、若者は意外にも帽子を取って軽く会釈《えしゃく》しながら言った。

「ありがとうございます」

ただそれだけのことだったが、私はその若者のお陰でとても気持のいい朝を迎えられたことを喜んだ。

私の父が死んだとき、密葬ということで近親の者だけで葬儀を執り行ったが、それでも父母の住んでいたマンションの方たちの弔問は断ることができなかった。

その中に、幼い男の子を連れて焼香してくださった若い母親がいた。そして、その男の子にも焼香をさせると、こんなことを話された。

「お父様は、エレベーターでご一緒になると、いつもこの子に声を掛けてくださっていたんですよ。それがこの子にはとても嬉《うれ》しかったようで……」

父がどのようなつもりで声を掛けていたのかは知らない。私と同じようにエレベーターの中でむっつりし合っているのが気詰まりだっただけかもしれない。しかし、父のひとことが幼い子の心をいくらかでも解きほぐしていたとすれば、私の「頑張って」というありきたりのひとことも、あの宅配便の若者の心にほんの一瞬の温《ぬく》もりをもたらすものになった可能性がないではない。彼の「ありがとうございます」というごく普通のひとことが、私に明るい朝をくれたように。


（08・3）

# 小さな光

朝、起きてホテルの部屋のカーテンを引き開けると、外は真っ白になっていた。

私は秋田にいて、この朝、列車で盛岡に行くつもりだった。

秋田駅に着き、構内に流れているアナウンスを聞くと、列車の運行状況はかなり面倒なことになっているようだった。盛岡から先の太平洋側の地域に強風が吹き荒れ、東北新幹線は全線にわたって運転を見合わせているという。その影響を受け、秋田始発の列車を間引き運転することになったというのだ。不運なことに、私が乗る予定の「こまち」も運休する一本に入ってしまった。

仕方なく、その切符を払い戻してもらい、そのあとの「間引かれない」列車に振り替えてもらうことにした。

待合室でじっと待っていたが、事態は好転する兆《きざ》しのないまま、ついに振り替えてもらった列車も運休することに決まったというアナウンスが流れた。駅員に訊ねると、午後の二時まではあらゆる列車を運休することになったと言う。

私は、午後一時に、盛岡で先頃亡《な》くなった方の家に弔問にうかがう約束をしていた。しかし、それは不可能になってしまった。私は携帯電話を持っていないので、公衆電話を探して連絡をし、日をあらためてうかがわせていただくことにした。

さて、それでどうしよう。

東京へ帰りたいが、新幹線の復旧を待っていてはいつになるかわからない。この状態では飛行機も満席だろう。

しかし、と思った。トライするだけはしてみようか。

私はまた公衆電話に戻って航空会社に電話をした。なかなかつながらなかったが、ようやく電話口に出てきてくれた女性に訊ねると、意外なことに次の東京行きの便にはまだ空席があるという。問題は、「次の」というのが五時間も先ということだったが、この状況で贅沢《ぜいたく》は言っていられない。

私は予約し、秋田駅から秋田空港にバスで移動することにした。そのとき、空港で長時間待つことになるので、近くの書店で本を買っていくことにした。何にするか迷った末に、和製ハードボイルドの文庫本を買った。

空港に着き、搭乗券を買い、待合室で本を読みはじめた。ところが、ついていない日はとことんついていないらしく、五ページほど読んだところで、奇妙な言葉の使い方に引っ掛かって顔を上げた瞬間、以前も同じところで引っ掛かったことがあるのを思い出した。すでに一度、単行本で買って読んだことがある作品だったのだ。

私が少しがっかりしていると、さらに追い打ちをかけるように、東京から到着する飛行機が遅れたため、出発が一時間遅れるというアナウンスが流れた。

ようやく搭乗することができ、飛行機が水平飛行に入ったときにはさすがにぐったりしていた。

しかし、飛行機が羽田に近づき、着陸態勢に入ったとき、ふと窓の外を見て息を呑《の》んだ。ちょうど、夕陽が地平線の向こうに沈もうとしており、その光が東京湾の海面に反射して黄金色に輝いていたのだ。そして、その黄金色の海の中を、黒い影のようにしか見えない小さな船たちが白い航跡を残してゆっくりと動いている……。

私はその光景を見ているうちに、この日一日の小さな不運をすっかり忘れていた。というより、むしろその光景を見ることができた幸運を感謝していた。

あるとき、まだ小学生だった娘に言われたことがあった。

「お父さんのそういう性格って、やっぱりO型だからかな」

昔、『イージー・ライダー』を作ったピーター・フォンダが、笑いながら言っていたことがある。

「日本では記者会見で血液型を訊かれるんだぜ」

私はこの話を、血液型で性格を決めつけようとする人をからかう際によく使わせてもらったものだが、最近になって、血液型には一定ていど性格に影響を及ぼす要素が含まれているかもしれないという研究が発表されたとかで、さほど単純ではなくなっているようだ。しかし、娘が私の性向を血液型で納得しようとしたときには、ちょっとした疑義を呈したと思う。

「そうかな?」

すると、高学年になってさまざまな問題にぶつかりはじめていたらしい娘がつぶやいた。

「わたしはB型だから、そんなに簡単にいやなことを忘れられないな」

そこで私は言った。

「でも、お母さんもB型だけど、お父さんに似てない?」

「うん、それはそうだけど……」

娘はしばらく考えていたが、やがて結論が出たらしく晴れ晴れとした顔で言った。

「それって、血液型じゃなくて、年を取ると忘れっぽくなるってことなんだね」

私は笑いたくなるのをこらえて言った。

「そうかもしれないね」

生まれついてのものなのか、意識して獲得したものなのか、あるいは娘が言うように単なる健忘症の一種なのかはともかく、少なくとも私には、小さな光が見えさえすればそれまでの闇《やみ》を忘れてしまえるというところがあるらしい。しかも、その傾向は年々強まっているようにも思われる。

もっとも、それが「物書き」にとって本当にいいことかどうかはわからないのだが。

（08・4）

# 四十一人目の盗賊

幼い頃から一貫してテレビを見るのが好きだった。スポーツ中継はもちろん、ニュースやドキュメンタリー、バラエティーや歌謡番組も嫌いではなかった。それは成長してからも変わらず、毎週土曜日の夜になるとドリフターズの『全員集合』にチャンネルを合わせる私を見て、結婚したばかりの妻に驚かれたり軽蔑《けいべつ》されたりしたものだった。

しかし、そんな私でも、「熱中した」と言える番組はいくつもない。プロ野球のナイター中継を除けば、アメリカのテレビ映画の『ルート66』と『逃亡者』だけである。これまで、私はテレビ番組で好きだったものは何かと訊ねられるたびに、躊躇《ちゅうちょ》なく『ルート66』と『逃亡者』を挙げていた。そして、それを私の「移動」することへの渇望《かつぼう》と結びつけるのが常だった。たとえば、『ルート66』や『逃亡者』を見るたびにどこかに行きたいという気持になって仕方がなかった、というように。

確かに、『ルート66』に対する熱中は「移動」に対する願望と深く結びついていただろう。自分もこの主人公たちと同じような旅をすれば、あのように冒険的な日々が送れるのかもしれない、と思ったことは間違いないからだ。行く先々で、さまざまな人々との出会いを重ね、さまざまな事件に巻き込まれる。もちろん、その出会いの中には、女性との恋も存在する。幼い私は、いつの日にか、自分もこのような旅をして、まだ見ぬすばらしい女性と出会ってみたいという憧《あこが》れのようなものを抱いていたに違いない。

しかし、私がもう一方の番組である『逃亡者』を、もしかしたら『ルート66』以上に好んだのは、単にそれによって「移動」したいという気持を掻《か》き立てられたからというだけではなかったように思える。テレビの『逃亡者』が少年時代の私を惹《ひ》きつけたのには、たぶんもうひとつ別の大きな要素があったように思えるのだ。

それに気づかされたのは、何年か前にハリソン・フォードの主演で映画化された『逃亡者』を見てからである。

ハリソン・フォード主演の『逃亡者』は、アメリカ本国でその年のアカデミー賞の作品賞にノミネートされたばかりでなく、日本においても興行収入ランキングでベストテンに入る大ヒット作となった。その順位は、昔のテレビシリーズを見ていた人がノスタルジーに駆られて見にいったというだけでは獲得できないものだったろうから、デヴィッド・ジャンセンのリチャード・キンブルを知らない、まったく新しい観客を大量に動員した結果ということになる。あるいは、その人たちにとっては、ハリソン・フォードのアクション物というだけでよかったのかもしれない。

実際、映画の『逃亡者』は遊園地のローラー・コースターに乗っているようなスリルに満ちていた。もちろん、それはかなり肉体的なもので、コースターから降りてしまえばすぐに忘れてしまうような種類のスリルだったが、乗っているあいだは、つまり見ているあいだは、次はどうなるのだろうと常にハラハラしていたのだから、上映時間の二時間は充分に楽しませてくれたことになる。だが、その『逃亡者』は、かつて少年時代の私を捉《とら》えて離さなかった、あの輝きに満ちた『逃亡者』とはまったく別のものだった。共通していたのは、妻殺しの嫌疑をかけられた元医師が逃亡の末に真犯人を捕まえる、というストーリーの骨格だけだったと言えなくもない。そんなことは充分に覚悟して映画館に行ったつもりだったが、見終わってあらためてその違いに驚かされることになった。

私はテレビの『逃亡者』がとにかく好きだった。調べてみると、それは私の高校時代を中心にした四年間のことだったが、毎週毎週よほどのことがないかぎりチャンネルを合わせつづけた。私は、それ以前も以後も、この『逃亡者』以上に熱心にテレビのシリーズ物を見たことはない。

何がそれほど少年の私を惹きつけたのか。そのひとつの理由が、脱走した犯人のキンブルが、執拗《しつよう》なジェラード警部の追及を逃れ、真犯人の「片腕の男」を追ってアメリカ中を移動する、というところにあったことは間違いない。しかし、私が心を動かされた理由はそれだけではなかった。

その理由が何だったかを説明するには、映画の『逃亡者』に存在しなかったものを挙げるのが最も手っ取り早いかもしれない。

まず、テレビの『逃亡者』にあって、映画の『逃亡者』になかったのは、真の移動だったと言えるだろう。映画の『逃亡者』は、追われるキンブルに充分な移動をさせられなかったのだ。いや、移動はするのだが、その移動は追っ手から逃れ、真犯人を見つけるためだけに費やされる移動で、キンブルがキンブルとなるための最も大事なことをさせられなかった。

では、『逃亡者』における最も大事なこととは何だったのか。

テレビシリーズにおけるキンブルは、移動するたびに名前を変え、経歴を作り替える。そして、農夫になり、修理工になり、店員になる。いわば、一週間にひとつの人生を生きている。もちろん、その当時ですら、一週間しかたっていないのに、どうしていつも一カ月も二カ月も暮らしているようにその生活空間に溶け込んでいるのか、という批判的な眼を持っていなかったわけではない。しかし、その虚構は虚構として、少年の私はいくつもの仮の人生を生きるというキンブルの生に憧れに近い思いを抱きつづけていた。

それに対して、映画の『逃亡者』は、ストーリーを展開させることに汲々《きゅうきゅう》としていたため、移動するキンブルに「いくつもの仮の人生」を生きさせることができなかった。

それだけではない。映画では、ジェラード警部役のトミー・リー・ジョーンズの好演にもかかわらず、キンブルとジェラードのあいだに存在する、重要な、ある意味で『逃亡者』というドラマを成り立たせるための本質的とも言える「関係」を描くことができなかった。

キンブルとジェラードとの重要な関係。それは、追う者と追われる者とのあいだに生まれる「了解」の関係である。シリーズが深まるにつれ、ジェラードは誰よりも深くキンブルを理解する者として登場するようになる。ジェラードは、キンブルが現れたという場所に急行しては、常にこう言いつづけることになるのだ。

「もしそれが本物のキンブルなら……」

と。

たとえば、この町に住みついていたキンブルが人を傷つけ金を盗んで逃げたという保安官に、ジェラード警部は確信を持ってこう言うことになる。

「キンブルならそんなことはしない」

いわば、『逃亡者』はキンブルとジェラードとの、反転した「愛の物語」だといってもいいくらいの甘やかな「了解」の関係が存在するのだ。しかし、映画では、その「了解」を生まれさせる時間的な余裕がなかった。

その結果、映画はテレビの『逃亡者』を特徴づけていた、追われる者が追われながら「いくつもの仮の人生」を生きるということもなく、追う者と追われる者とのあいだに生まれる「甘やかな了解の関係」も描くことができないまま、ただ、逃げ、ただ、捕まえようとするだけの映画になってしまった。

もっとも、四年間にわたり百時間以上も使って描かれた物語を、わずか二時間で作らなければならなかったのだから無理はなかったのかもしれない。

いずれにしても、私があれほどテレビシリーズの『逃亡者』に惹かれたのは、単にキンブルが移動しつづけているだけでなく、彼がいくつもの仮の人生を生きているという点にあったのだ。もしかしたら、私にはそれが自分にとっての理想の生き方のように思えていたのかもしれない。

確かに私は幼い頃からテレビを見るのが好きだったが、ひとりでぼんやり考えごとをしている時間というのも嫌いではなかった。

放課後、くたくたになるまで外で遊び、家に帰って夕食をとるとテレビを見てから机に向かう。勉強をするためではない。漫画を読むために、あるいは夢想するために、だ。漫画を読み終え、机に頬杖《ほおづえ》をついてぼんやりしていると、またたくまに二、三時間が過ぎていた、などということがよくあった。

そのようなとき、まさに夢のように考えていたことが二つある。

ひとつはどこかの学校に転校したいということである。転校して、自分のことを知っている人がいない学校に行けたらどんなにすばらしいだろうと思っていた。そうすれば、いままでとはまったく違う自分になってやり直すことができる。

もうひとつは『アリババと四十人の盗賊』に出てくるような盗賊に「さらわれたい」ということだった。

本来、『千夜一夜物語』のアリババの話においては、盗賊たちはかなりの悪役になっている。山で薪拾いをしていたアリババが、偶然、盗賊たちが洞窟《どうくつ》に財宝を隠すところを垣間見てしまう。盗賊の親分が不思議な呪文《じゅもん》を唱えると、頑丈そうな岩の扉が開き、閉じるではないか。

私が幼いころに読んだ絵本では、岩陰で一部始終を見ていたアリババが、盗賊がいなくなってから、覚えた呪文を唱えるところがひとつのクライマックスとなっていたはずである。

「開け、ゴマ！」

これは、日本の翻訳者の創作ではないらしいが、実に不思議で、心をそそられる呪文と言える。

念のため、大場正史《まさふみ》訳の「バートン版」で確かめてみると、その呪文は次のようになっている。

「開け、おお、胡麻《ごま》よ！」

確かに、重い岩の扉を開けるには、これくらい芝居がかっている方がいいような気もする。しかし、なんと言っても、子供のころから慣れ親しんでいる分だけ「開け、ゴマ！」という簡素な呪文の方が効力があるようにも思われる。

アリババは洞窟から少しだけ財宝を盗み出してくるが、それを兄のカシムに知られ、岩を開ける呪文を教えざるをえなくなる。

ところが、そのカシムは、財宝が隠された洞窟に入り、扉を閉めてじっくり吟味しているうちに、扉を開ける呪文を忘れてしまう。やがて、カシムは戻ってきた盗賊たちに発見され、八つ裂き――正確には「四つ裂き」――にされて殺されてしまうことになる。

普通の絵本はそこらあたりで終わることになるが、『千夜一夜物語』では、さらに続きがある。兄の亡骸《なきがら》を運び、仕立て屋に縫い合わせてもらい、正式な葬式を出したところから、カシム以外にも秘密を知っている者がいることが露見してしまい、アリババは盗賊たちに狙《ねら》われることになる。ところが、女奴隷《どれい》の機転で危ういところを何度も助けてもらい、さらには盗賊の親分を返り討ちにすることに成功する。そして、アリババはその女奴隷を自分の甥《おい》と――他の版では息子と――結婚させることにする。

だが、少年の私が望んだのは、アリババのように洞窟の前で呪文を唱えることでもなく、盗賊たちの財宝を掠《かす》め取ることでもなかった。

ある晩、家でぐっすり眠っていると盗賊たちが押し入り、私をさらっていく。さらわれた私はどこか遠い異国で盗賊たちと一緒に波瀾万丈《はらんばんじょう》の生活を送る。つまり私は、アリババではなく、四十一人目の盗賊になりたかったのだ。狙われるほどの「財宝」があるはずもない私の家に、なんで盗賊がはるばるアラビアからやって来て押し入ってこなければならないのかわからないが、とにかく私は彼らに「さらわれる」ことを夢想しつづけた。

英語では「誘拐」をキッドナップという。キッド〈子供〉と、ナップ〈ナブ〈さらう〉の異形〉の合成語らしい。

一方、かつて日本には「人さらい」という言葉があった。現代ではほとんど死語に近くなってしまったが、私が幼いころは、「そんなに暗くなるまで遊んでいると人さらいが来ますよ」などという脅し文句がまだ存在していたような気がする。

この「人さらい」と「誘拐」とでは、自分の意思に反して誰かに連れ去られるという点では同じでも、微妙な違いがある。「誘拐」は身代金《みのしろきん》さえ払えばなんとなく帰れそうな気もするが、「人さらい」の方は、いったんそれに遭ってしまうと、もうどこか遠くに連れて行かれたまま永久に家には戻れないように思える。

だから、「人さらい」の方が恐ろしいということになるはずなのだが、私はその「人さらい」に憧れていたのだ。

不思議なのは、別に通っている学校に不満があるわけでもなければ、家族を嫌っていたわけでもないということだった。ただ、ここことは別の場所に行き、ここにいる自分とは別の自分になってみたいという欲求を強く持っていたらしいのだ。

当然のことながらその希望はかなわなかったが、大学を卒業した二十二歳のとき、ほとんどその夢がかなうような状況が訪れた。

私は自分の名前の横に「ルポライター」とつけた名刺を一枚持つことで、さまざまな土地に赴き、さまざまな世界に入っていくようになったのだ。それはまるで、いくつもの仮の人生を生きることで「自分とは別の自分」になれるように思えるものでもあった。

私は私とまったく違う私になることができたと思った。しかし、それはただ単にそう思っていただけで、その私もまた同じ私であるということに気がつくのにそう長い年月は必要としなかった。ただし、私が二十六歳でユーラシアへの長い旅に出ようとしていたとき、その簡単な事実にはまだ気づいていなかったと思う。私が旅に出たのは、心のどこかに、まだ、転校したい、盗賊にさらわれてみたいという望みが、ほんの少しながらあったからに違いなかった。

（08・12）

## 天邪鬼《あまのじゃく》

このところ必要があって山田風太郎の作品を読んでいた。

かつて読んだものもあり、初めて読むものもあった。その初めて読むものの中に、エッセイ類があった。『風眼抄』や『あと千回の晩飯』といったタイトルの本だ。

しかし、そうした本の中のエッセイを読んでいるうちに不思議な気分になってきた。

山田風太郎には「天邪鬼」とか「偏屈」といった定評があるらしい。親しい付き合いをしていた高木彬光《あきみつ》もそう言っているし、山田風太郎自身も、自分を「列外の人」と見なしていた。

それもあって、私は山田風太郎をこんなふうにイメージするようになっていた。

山田風太郎の有名な「忍法帖《にんぽうちょう》」シリーズの一作に『伊賀忍法帖』という作品がある。

この中に、織田信長《おだのぶなが》、明智光秀《あけちみつひで》、松永弾正、豊臣秀吉《とよとみひでよし》といった戦国時代の錚々《そうそう》たるメンバーの前で「幻術」を披露した、謎《なぞ》の「幻術師」として有名な果心居士《かしんこじ》が出てくる。

この果心居士について、山田風太郎は次のように書いている。

《さて、右のような数々の記述から、この奇怪な人物の性格を想像するのに、ひとつ思いあたることがある。／それは、この大幻法者が、なかなか人がわるく、皮肉屋で、そして途方もないいたずら好きな人間であったらしいということである》

私は山田風太郎を、彼が規定する果心居士に重ね合わせるようにして、天邪鬼で、皮肉屋の老人というように理解するようになっていた。

ところが、エッセイを読んでいくうちに、「はて？」と思うようになったのだ。この人のどこが天邪鬼で皮肉屋なのだろう。

もし、山田風太郎が天邪鬼で皮肉屋なら、私も天邪鬼で皮肉屋ということになる。なぜなら、山田風太郎がエッセイの中で述べている感想の類《たぐ》いは、私にはごく真っ当なものに思えるからだ。そして私は、自分で言うのも気が引けるが、いや、そう言わなくてはならないのは残念なのだが、とても普通で、平凡な男であるからだ。私のようにごく平凡な男と、その感想がことごとく合致する人物が、果たして天邪鬼で皮肉屋だなどということがあるだろうか。

たとえば、『あと千回の晩飯』の中に「夜半《よわ》のさすらい」というエッセイがある。

山田風太郎は晩酌のあと一眠りし、それから八帖と六帖《じょう》の二間続きの書斎に入るらしいのだが、毎夜、そこを意味もなくふらふらと歩きまわっているのだという。別に小説の構想を練ったり、深遠な哲学的瞑想《めいそう》にふけっているわけではないともいう。《さまざまな感想や疑問や新発見や一人合点が泡のように浮かんで支離滅裂にながれてゆく》

そのエッセイで明らかにしている、ある一夜の山田風太郎の「感想や疑問や新発見や一人合点」は、私にもほとんど異論を差し挟む余地のない、しごく真っ当なもののように思える。

――臨終のときにおける医者のむりな延命策は、ヒューマニズムにそむいた暴行であり、天意にそむいた悪徳である。

――ライスカレーに福神漬、イナリずしに紅ショーガなんてだれの思いつきだろう。

――なぜ宮内庁《くないちょう》は千年も前の天皇陵の調査を許さないのかな？――この問題に関するかぎり、宮内庁は「国民の敵」であると思う……。

これにどんな異論が差し挟めるだろうか。

あるいは、『風眼抄』に「坐《すわ》る権利」というエッセイがある。

夏の繁忙期に列車に乗る。一等車も満員で立っている人がいる。そこに車掌が検札に来ると、二等の切符で坐っている若い女性がいる。当然、立たせようとすると、一等に切り替えると言い出す。しかし、最初から一等の切符を持っている人に坐らせるのが筋だから立ってくれと言っても、車内で切符の等級を切り替えることができるというのは乗客の権利だからと言って、どうしても立たない。車掌が困惑していると、近くの老紳士が説得に乗り出してくれた。だが、それでも、権利を盾に頑として立とうとしない。

それでどうなったか。やがて疲れて肘《ひじ》掛けに腰を下ろした老紳士とその若い女性は、まるで祖父と孫のように和やかにまったく別の会話を始めたというのだ。依然として、若い女性は席に坐ったまま。

その成り行きをじっと眺めていた山田風太郎は、最後にこう書く。

《悪さかんなれば天に勝つ》

この一行に皮肉屋の片鱗《へんりん》がうかがえないことはない。しかし、それがその場における山田風太郎の本当の感想かどうかはわからない。ただただ唖然《あぜん》としていたのに、とりあえずエッセイとしての形を整えるために書いただけかもしれない。なぜなら、この文章は、山田風太郎自身が『伊賀忍法帖』でクライマックスに使った文章の借り物にすぎないからだ。

そこでは、ほんの少し違っているものの、こう書かれていたものだ。

《悪さかんなれば天に勝つという》

あれっ？ 山田風太郎を読んでいるうちに、私の方がいつの間にか皮肉屋になってしまったのだろうか。

（10・10）

# スランプってさあ、と少年は言った

ある夕方、外苑《がいえん》前で人に会うことになっていたので、仕事場から公園を突っ切って最寄りの駅に向かっていた。

その公園には一周二・一キロのランニングコースがあって、どんな時間帯にもさまざまな人たちが走っている。ちょうど、私が体育館の前を歩いているとき、向こうから高校生くらいの少年が三人で走ってきた。その走り方からすると、陸上競技関係の部に所属しているとは思えず、かといって野球部とかサッカー部というようなハードな練習を必要とする部に入っている風にも見えない。かなり「ゆるい」部活動をしている仲良し三人組がなんとなくランニングをしているというような感じに見受けられる。

彼らとすれ違うとき、ひとりがこんなことを言っているのが聞こえてきた。

「スランプってさあ、あれは次に成長するための心の準備の期間なんだって」

すると、一緒に走っていた別の少年が明るい声で応じた。

「そうか、救われるなあ」

そのやりとりを耳にして、私は思わず笑いそうになってしまった。

果たして彼らにとっての「スランプ」とはどのような種類のものなのだろう。部活動でやっているスポーツにおける「スランプ」なのだろうか。それとも学校の勉学における「スランプ」なのだろうか……。

そんなことを考えているうちに、自分は「スランプ」というものを経験したことがあるだろうかということが気になってきた。

学生時代の部活動では、野球でも陸上競技でも「スランプ」を意識するほどのところまで達していなかったような気がする。だから、もし経験したことがあるとすれば、いまやっている「書く」という仕事においてということになる。

さて、私は「スランプ」に陥ったことがあっただろうか？

駅に着くまで考えつづけたが、思い当たる節がない。たぶん、私は「スランプ」に陥ったことがないのだ。他人の眼から見ると、あまり仕事をせず、ほとんど「スランプ状態」ではないかと思われる時期が少なくなかったかもしれないが、主観的には書けなくて困るという時期を経験したことがないのだ。

それには、私の性格、性向が関係しているのかもしれない。

私は、日頃から、あまり大きな目標を掲げることがない。ただ、眼の前にあるたったひとつの仕事を、できるだけ手を抜かずに仕上げるということに集中しているだけである。その意味では、どこか職人的な気質を持っていると言えなくもない。確かに、アーティスト〈芸術家〉にスランプはあっても、アルティザン〈職人〉にはスランプというようなものはないはずだ。

とはいえ、すべての職人がいつでも同じ技術の領域にとどまっているわけではない。彼らは彼らなりに、より高いレヴェルの技術を身につけようと努力しているに違いない。私も、常に、いまの自分が可能なものよりほんの少しだけマシなものを書こうとし悪戦を続けている。その結果、なかなか作品が産み出せないということにもつながっていていくのだが、そうした努力を続けているかぎり、主観的には「スランプ」に陥っているると思うことはない。たとえほんの少しであっても、自分以上の自分になろうとするかぎり、そう簡単に書けないのは当然のことであるからだ。あるいは、それこそが「スランプ」というものなのだよと言われてしまうかもしれないが、私には、クライミングで山の高みに登るための取っ掛かりを手や足でさぐっているようなものであって、空《むな》しく時間を費やしているとは思えないのだ。

しかし。

私には書くことに関しての「スランプ」はないかもしれないが、読むことにおける「スランプ」というものはあるような気がする。最近は、なかなか本が読めないだけでなく、読んでも、以前のようには心が動かない。その結果、新しい書き手と巡り合うことが少なくなってしまった。

だが、そんな私に、わずかな出会いの機会を作ってくれるのが映画である。

仕事で、月に四、五本は新しい映画を見る。その作品に原作があると、たとえ映画の出来がどうであれ、それを読んでみたくなる。どう脚色したのか。映画が面白かったり面白くなかったりする理由が原作にあるのかどうか。

そのようにして、私にとってまったく新しい書き手たちの何人かと遭遇してきたが、近年もっとも強い印象を受けたのはアメリカの作家コーマック・マッカーシーだった。

もし、コーエン兄弟が監督した『ノーカントリー』を見なかったら、恐らくコーマック・マッカーシーの『血と暴力の国』は読まなかっただろう。そしてさらに、映画化された『ザ・ロード』が日本に来る前にその原作を読んでおこうともしなかっただろう。

とりわけ、終末的な世界を父と幼い息子が命をかけて旅するという『ザ・ロード』には、激しく心を揺り動かされることになった。

物語の終盤、瀕死《ひんし》の父が幼い息子に語りかける。

《父親は息をあえがせながら少年の手をとった。先へ進むんだ、といった。パパは一緒には行けない。でもお前は先へ進まなくちゃいけない。道の先になにがあるかはわからない。パパとお前はずっと運がよかった。お前はこれからも運がいいはずだ。今にわかる。だからもう行きなさい》（黒原敏行《としゆき》訳）

映画では、父をヴィゴ・モーテンセンが演じ、息子をコディ・スミット＝マクフィーという当時十三歳の少年が演じた。

これは、かつて、アンソニー・ホプキンスとエマ・トンプソンによって演じられたカズオ・イシグロの『日の名残り』に負けず劣らず、原作に匹敵しうるすばらしい映画作品に思えたが、アメリカでも日本でも意外なほど評価されなかった。

訳者の「あとがき」によれば、今年七十八歳になるはずのマッカーシーは、六十代後半で息子を得たらしい。その息子が四歳になったとき、あるホテルに一緒に泊まっていた。

《息子が眠ったあと、深夜に窓から外を眺めていたマッカーシーは、列車の物悲しい汽笛を聞きながら、五十年後、百年後にはこの町はどんなふうになっているだろうと考えた。すると山の上で大火事が起きている光景が眼に浮かび、それからこの小説が生まれたというのだ》

だからだろうか、この父と子の道行きは、幾多の困難に見舞われるにもかかわらず、まるで恋人同士の逃避行のように甘美なものに思える。それは、息子と共にひたすら生き抜いていくというのが、父親にとっての究極の夢のひとつであるからかもしれない。

もちろん、現実にこのような終末的な世界が訪れ、その中を生きなければならないとすれば、「甘美」などという言葉は入り込む余地のないことは充分に知っているつもりではあるのだが。

それはともかく、公園ですれ違った少年のひとりが言っていた、「スランプとは、次に成長するための心の準備の期間である」というのはなかなか悪くない台詞《せりふ》のように思える。

もしそうなら、私の「読むことにおけるスランプ」も、いつか解消することになるかもしれないという希望が持てるからだ。

（11・5）

# 地獄の一丁目

子供のころ、外で遊ぶのは大好きだったが、室内で遊ぶということが不得意だった。

小学校に上がるまではいつも近所の子供たちと原っぱで暗くなるまで走りまわっていたし、小学校に入ってからはクラスメイトと少し遠くの公園でこれまた暗くなるまで野球をしつづけた。

だから、子供のときの記憶として「オモチャ」というようなもので遊んだ記憶がないのだ。とりわけ、「愛玩《あいがん》」するものとしてのオモチャを持ったことがない。

もちろん、原っぱでの遊びには独楽《こま》やけん玉がつきものだった。しかし、それは、主として鬼ごっこのために使われるものだった。たとえば、独楽は手のひらの上で回すことができているあいだだけ走れることになっていたし、けん玉は入れたりのせたりする箇所によって移動できる歩数が決まっていた。つまり、重要なのは鬼ごっこであり、独楽やけん玉はそのための「道具」にすぎなかった。

私が最初に「愛玩」する対象としてのオモチャを意識したのは小学三年生くらいだったと思う。ひとりっ子のクラスメイトの家に招かれ、二人で遊ぶことになった。行ってみると、彼の広い部屋にはいっぱいに鉄道のレールが敷きつめられており、そこを模型の電気機関車が走れるようになっていた。クラスメイトはお気に入りらしい一台をレールの上に置くと、スイッチを入れて走らせはじめた。クラスメイトは私にもやらせてくれようとしたが、実を言うと、私にはなにがおもしろいのかよくわからなかった。三十分くらいはつき合ったと思うが、ついにこう口に出してしまった。

「外で遊ばない？」

それからどうなったかは記憶にないが、レールの上を走る模型の機関車をただ眺めているだけのときの、あの途方に暮れた感じはいまでもよく覚えている。

しかし、それは「愛玩」するためのオモチャに対してだけのことではなかった。成長するにしたがって、私にはおよそ「物」というものに対する欲望が希薄なのだということがわかってきた。大学生になっても、いや大学を卒業しても、友人たちが騒いでいる音響機器だとか、車だとかに少しも興味が湧《わ》かなかったし、服や靴などの流行などにもまったく関心がなかった。書物を除けば、およそなにかがほしいと心から思ったことがないのではないかという気がするほどだ。

そのようにして、何十年も生きてきた。だから、たぶん、それは一生変わらないだろうと思っていた。

ところが、である。

先ごろ、古いカメラのコレクターとしても有名な同世代の写真家と話をする機会があった。私は、現在、ロバート・キャパが撮った写真について調べている。そこで、その写真家にキャパが初期のころに使っていた一九三〇年代のドイツ製カメラについてレクチャーしてもらおうとしたのだ。

その日、私が知りたいと思うすべてを訊《き》くことができ、礼を言って帰ろうとすると、写真家に呼び止められた。そして写真家は、説明するためにわざわざ自分のコレクションの中から持ってきてくれていた年代物の「ライカ」と「ローライフレックス」と「コンタックス」の三台を指し示し、こんなことを言った。

「これを持っていったらいかがですか。しばらく自分の手元に置いて、暇なときには触れていたほうがいいですよ。そうすれば、なにかがわかるかもしれませんから」

貴重なものを預かるということに一瞬躊躇するものを覚えたが、やはりありがたく借り受け、手元に置かせてもらうことにした。

以来、写真家に勧められたとおり、暇なときには手に持って、フィルムの巻き上げ装置をいじったり、ファインダーを覗《のぞ》いてシャッターを押してみたりするようになった。

中でも、やはり手に取る回数が多いのが、バルナック型と呼ばれるクラシックなライカだった。

実際に手に取ってみると、予想以上に小さく、しかし独特の重量感がある。そして、いかにも頑丈そうだ。写真家の話では、この七十年以上前のライカでも、まったく問題なく現在でも撮影できるはずだという。

そこで試しにモノクロームのフィルムを買って試し撮りをしてみることにした。オートフォーカスのカメラしか使ったことがないので、絞りもシャッター速度も適当に目盛りを合わせ、近所の公園で撮ってみた。

現像に出し、上がってきた写真を見て驚いた。ちゃんと写っているのだ。いや、写っているだけでなく、コントラストにシャープさはないものの、逆に白と黒の世界にさまざまな階調のグレーが現れ、映像の雰囲気を柔らかいものにしてくれている。

その写真を見ているうちに、自分でも不思議な気分が芽生えてくるようになってしまった。

「こういう写真が撮れるカメラがほしい！」

いや、もっと正確に言えば、「バルナック型のライカ」がほしい、と思うようになってしまったのだ。

私も外国に行くときは写真を撮ったりするが、これまで、カメラの機種にこだわったことなどまったくない。極端に言えば、そこらに転がっているカメラで撮ってきたというにすぎない。

私の「バルナック型のライカ」がほしいという感情は、カメラに対して抱いた最初の「欲望」である。いや、もしかしたら、「物」に対して抱いた初めての「欲望」かもしれない。

さて。

これから私は、人からの借り物ではなく「自前のライカ」で写真を撮ろうとするようになるのだろうか。そして、多くのクラシックカメラのコレクターのように「ライカ狂い」が始まるのだろうか。

たぶん、そうはならないような気もするが、ひょっとすると、一台くらいは買ってみようとするかもしれない。そういえば、銀座四丁目から歌舞伎座《かぶきざ》に向けて晴海通りを歩いて行くとき、通りに面して何軒かのカメラ屋がある。私にはまったく無縁と見向きもしなかったが、あれはライカなどをはじめとするクラシックカメラを売る店だったかもしれない。

今度、東銀座で映画の試写を見たあとに寄ってみようかと思ったりもする。そこが案外、銀座の四丁目ならぬ、「物狂い」への地獄の一丁目だったりするのかもしれないけれど。

（12・8）

# 「お」のない「もてなし」

先頃、アルゼンチンのブエノスアイレスで、オリンピックの開催都市を決めるＩＯＣの総会が開催された。

そこで、東京にオリンピックを招致すべく、多くの日本人が壇上に立ち、プレゼンテーション用のスピーチを行った。そのあとの投票の結果、日本人スピーカーの熱意と創意が受け入れられたのか、強力な競争相手と見られていたイスタンブールやマドリードを退け、東京が開催都市に選ばれた。

私はその一部始終をテレビの中継で見ていたのだが、途中、日本人のスピーチの中に気になる箇所が出てきた。気になる箇所というより、少しばかり気恥ずかしくなってしまった箇所、と言ったほうが正確かもしれない。

それは、かつてアナウンサーだった女性が、フランス語で行ったスピーチの中で、一音ずつ離して「お・も・て・な・し」と言ったところだ。

《東京は皆様をユニークにお迎えします。日本語ではそれを「お・も・て・な・し」という一語で表現できます》

そうでなくても、外国語での会話の中に、日本文化の特質を説明するものとして日本語がそのまま挿入されると、なんとなくこそばゆいものである。「ワビ」とか「サビ」とか「カワイイ」とかいう言葉が、聞き馴《な》れない単語のように響いてくる。

だが、「お・も・て・な・し」が気恥ずかしかったのはそれだけが理由ではなかった。流れの中で自然に生まれ出たものではなく、唐突に「もてなし」に「お」がつけられている。なんだか、そのことによって、彼女のスピーチが、味より外見や雰囲気で会食の店を選んでしまう、社用の接待係の台詞のように聞こえてきてしまったのだ。

異邦の客をもてなそうとする。それ自体はとてもすばらしい行為だ。

かりにその「もてなし」というものを因数分解してみるとどういうことになるか。市井《しせい》の人にとっては「さりげない親切」をするということであり、観光業の人にとっては対価以上のサービス、つまり「よりよいサービス」をするということになるような気がする。

だが、もし異邦の人に対する「もてなし」が「さりげない親切」と「よりよいサービス」で成り立っているとするなら、それはなにも日本の専売特許ではない。

私は二十代の頃から外国を旅する機会が比較的多くあったが、そのたびにさまざまな国の市井の人に「さりげない親切」を与えられつづけてきた。

それは私がいかにも貧しげなバックパッカーだったからという側面もあっただろう。とりわけ若いときは、誰もがちょっと親切にしてやりたくなるような危ういところがあったのかもしれない。しかし、それから数十年が過ぎ、充分すぎるくらいに齢《とし》を取り、多少は自由な金を持つようになったいまも、依然として、旅先で親切を受けつづけている。

去年も、スペインのアンダルシアを旅していた折り、小さな町の小さなバルで小さな親切を受けた。

午後、強い日差しの中を歩きまわったあとで、ひと休みするつもりで通りすがりのバルに入った。ビールを一杯飲み、もう一杯おかわりをしようとすると、隣に座っていた老人が待ちなさいというように手を振った。そして、何かを一生懸命説明する。

私はスペイン語はいくつかのフレーズと単語くらいしか知らないが、それでもその老人の言いたいことは奇跡的によくわかった。

「一杯目のビールは冷たくておいしい。でも、二杯も飲む必要はない。二杯目は、香りと味のあるものを飲みなさい。ここには近くの町でつくられたおいしい白ワインがある」

そして、バーテンに注いでもらった白ワインのグラスを私に勧める。ひとくち飲んでみると、それはシェリーのような飲み口の、きりっとした白ワインだった。

私がおいしいとうなずくと、老人だけでなく、そのバルにいた客のみんなが満足したようにうなずき返してくれる。飲み終わり、私が代金を払おうとすると、すでに老人からもらっているからと言ってバーテンは決して受け取ろうとしなかった。

私はアンダルシアのその小さな町で「さりげない親切」による「もてなし」を受けていたのだ。

たぶん、真の「もてなし」の精神とは、「おもてなし」をしているなどということをあからさまに示さないところにあるのだろう。社用の接待係のように、いかにも「接待している」ということを相手に伝えなければならないというのでもないかぎり、「もてなし」は、しているかしていないかわからないくらいのさりげなさをよしとするはずだ。

日本の市井の人の「さりげない親切」は心配する必要はない。もし懸念《けねん》するとしたら、依然として存在する外国語に対する恐怖心から、その親切心を上手に表すことができないかもしれないということくらいだろうか。多くの日本人が異邦の人に「さりげない親切」をしたいという思いを抱いているだろうことは間違いない。

では、観光業の人たちの「よりよいサービス」はどうか。私が気になるのは、たとえば、日本のホテルや旅館に行ってみると、あの元アナウンサーの女性が口にした「お・も・て・な・し」のような「もてなし」が氾濫《はんらん》しているように思えることだ。

旅をする者にとって、旅の宿にもっとも必要な「もてなし」とはどんなものだろう。到着したときに振る舞われる気の利《き》いた茶菓による接待か。ブランド物を用いた豊富なアメニティグッズか。絢爛豪華《けんらんごうか》な食事の皿の数か。それとも、寝心地のよい枕《まくら》やベッドか。

たぶん、人によって旅の宿に求めるものは違っているだろう。しかし、少なくとも、旅する私が求めるものはそうしたものではない。

長い旅をしていると、その土地に着くのがさまざまな時間帯になる。夜遅くなることもあるが、逆に昼間の早い時間に着いてしまうこともある。場合によっては、朝方に到着してしまうことすらある。

そのようなときは、夜も普通に眠ることができていない可能性がある。できることなら、なるべく早く部屋に入って、シャワーを浴びたりベッドで横になったりしたい。ところが、日本のホテルや旅館では、ほとんどのところでチェックインの時間が厳格に決まっており、午後二時とか三時にならないと部屋に入れてくれないことになっている。早く着いてしまうと、ロビーのようなところでその時刻が来るまで茫然《ぼうぜん》と待っていなくてはならない。

外国では、そういう場合、部屋が空いていさえすれば、臨機応変にチェックインさせてくれるところが少なくない。

やはりこれも去年のことだが、ドイツのシュトゥットガルトから夜行列車でフランスのパリに入らなければならないことがあり、北駅近くのホテルに朝の十時に着いてしまった。列車の中ではほとんど眠れず、疲労困憊《こんぱい》という状況だった私は、レセプションで恐る恐る部屋に入れてもらえないか頼んだ。すると、昨夜から空いている部屋があるからと、ごくあっさりチェックインさせてくれ、大いに助かった。

ホテルや旅館がチェックインを午後の二時や三時からとするにはそれなりの理由があるだろう。たぶん室内を清掃する手順と人員の配置に関してもっとも効率的にしたいという経営の論理があるのだろうと思う。しかし、チェックインの時間を厳守しようとするのはあくまでも宿の側の都合であり、客の身になってのものではない。ホテルや旅館の客は、すべてが午後遅くになってからそこに到着するという旅行者ばかりではないのだ。

私が旅の宿に求めるもの、その第一が「時間」における、自由度である。

旅ではさまざまな乗り物に乗ったが、海外に行くということになると、まず利用するのは飛行機である。

その飛行機の中では、ミール・サービスにもさまざまなものに遭遇した。キャビアをいくらでも食べさせてくれた飛行機もあれば、寿司《すし》バーで職人に寿司を握ってもらえるという飛行機に乗ったこともある。

しかし、もっとも印象に残っているフライトということになると、数十年前、私が初めてアメリカの国内線に乗ったときのものになるかもしれない。それはロサンゼルスからニューヨークへアメリカ大陸を横断する便だったが、通常のミール・サービスが終わったあと、機内アナウンスがあった。

――これからはギャレーに軽食の用意をしておくので自由に召し上がってほしい。

別に食べたかったわけではないが、後学のため見学に行くと、ギャレーの横のスペースに、パン、チーズ、ハム、野菜、果物などの皿が並べられ、客が自由にオープン・サンドウィッチをつくれるようになっていた。

これはすばらしいと思った。ある意味で、機上のサービスとしてはこれ以上の「もてなし」はないようにさえ思えた。食べたい人が食べたい時に食べたいように食べることができる。それは真の意味で客の身になって考えられたサービスだった。

異邦の人を迎えるのに必要なのは、過剰な「おもてなし」ではなく、「お」のない、ごく普通の「もてなし」であるだろう。そして、その「もてなし」は、偶然の出会いによる親切心から出たものであっても、また、計算の裏打ちのある商売心から発したものであっても、「相手の身になる」ということが基本であってほしい。

そう、「おもてなし」から「お」を取り去った「もてなし」の精神とは、もてなす側の自己満足のためではなく、相手の望むだろうことを、さりげなく、淡々とするところにあるのだから。

（14・1）

# 秋の果実

秋になって東京の街を歩いても、庭に無花果《いちじく》や石榴《ざくろ》の実が生《な》っているような家をあまり見かけない。ましてや、よその家の庭に生っている果物の実をもいで盗み食いをしているというような子供を見かけることはまったくなくなってしまった。そんな行儀の悪いことをしてはならないとよく躾《しつ》けられているのかもしれないし、盗み食いなどする必要もないほど家に甘いものがあふれているのかもしれない。

かつて私の少年時代、東京でも、いろいろな家の庭にさまざまな果実が生っていた。私の家の裏庭にも無花果の木があり、秋になってその実を食べるのが楽しみだった。また、遊び場に行く途中の家々には、柿《かき》や石榴が生っていたりもした。その実を、垣根から手を伸ばし、枝からひとつふたつもいで食べることはなんとなく許されていたように思う。

もっとも、それは春から夏にかけてのことだったと思うが、枇杷《びわ》が大好きだった私が、あるとき友達と近くの家で盗み食いをしていて、つい夢中になったあげく、その木に生っていた実をすべて食べ尽くしてしまったことがある。さすがにこのときばかりは、その家のおばさんに見つかって、こっぴどく叱《しか》られてしまった。

私の家の向かいのお宅には庭に大きな柿の木があって、子供の私にも一番下の枝に生っている実がちょうどいい具合にもげる。ところが、残念なことに、その柿は渋くて食べられない。渋柿も何年かすると甘柿になるという話を耳にした私は、毎年楽しみにしてもぐのだが、そのたびにあまりの渋さに吐き出してしまうということを繰り返した。後年、渋柿はいつまで経《た》っても渋柿のままだということを知ったが、今年こそはと思いながら、しかし、今度もまた渋いままかもしれないと恐れながら一口嚙《か》むときの、あの期待と恐怖がないまぜになったスリルはいまでも忘れられない。

二十代のとき、私は仕事のすべてをなげうって一年ほどユーラシアを旅したことがある。

乗合バスを乗り継いでのその旅で、イスラム圏のシルクロードに差しかかったのは秋だった。

シルクロードの秋は葡萄《ぶどう》と石榴の実であふれていた。ちょうどその年は秋がラマダン〈断食月《だんじき》〉の時期にあたっており、乗合バスの乗客の多くが、午後六時を過ぎると、露店で買っておいた葡萄の房でとりあえず渇いた喉《のど》を潤《うるお》そうとしていたものだった。

十数年前、父が死んだあと、遺《のこ》された俳句によって小さな私家版の句集を出した。その際、私がユーラシアへの長い旅に出ていたときに詠《よ》んだ句がいくつか見つかったが、中にこんなものがあった。

葡萄食へば思ひは旅の子にかへる

私はシルクロードのどこかの町から父へ葉書を出した。そこに、眼にも鮮やかな葡萄や石榴の実についてのことを記したのだろう。おそらく、父はそれを読んでふと俳句を作る気になった。

一年に及ぶ長い旅のあいだ、父や母には葉書を二、三通しか出さなかった。いったいどこをどのように旅しているのか不安でないことはなかったはずだ。ただ、父も母も、幼い頃から、私がしようとすることにブレーキをかけるような言葉をいっさい口にしなかった。このときも、無謀な旅に出る前の私を、ただ黙って見守ってくれていた。

しかしいま、私自身がこの句を作った父の年齢と同じになったいま、あの父が、ほとんど何も知らせず遠い異国をほっつき歩いている自分の息子について、どのような「思ひ」でいたかが気にならないことはない。

すべてをなげうって日本を出てしまった私を馬鹿《ばか》な奴《やつ》だと思っていたか。あるいは、その自由さを羨《うらや》ましいと思っていたか。

秋に「秋の果実」を食べると、少年時代に盗み食いしたときのさまざまな実の味と、若い頃シルクロードで眼にした葡萄や石榴の実の輝きと同時に、父が作った、親の悲しみがほんのわずか滲《にじ》んだような俳句を思い出す。

（14・11）

# 傘がある

雨が嫌いなんですか、と訊かれるときがある。

いや、と答えると、さらに、雨が降っているんで会社を辞めたんでしょ、と畳みかけられる。

そこで、私はどう答えたらいいのか迷い、ちょっぴり途方に暮れる。

確かに、私は大学を卒業し、就職の決まっていた会社に向かう初出勤の朝、就職するのはやめよう、と思い、会社に着くと同時に人事担当の重役に退社する旨《むね》を伝えた。

そして、その日の朝は間違いなく雨が降っていた。

しかし、雨が嫌いだったからかというと、そんなことはない。雨はむしろ好きと言っていいほどだ。

私が嫌いなのは雨ではなく、傘なのだ。

いや、それも正確ではない。傘そのものが嫌いなのではなく、雨に濡《ぬ》れないようにと傘をさすという行為が好きではないのだ。

子供の頃から外で遊ぶことが好きだった私は、少々の雨に濡れることなどなんということもなかった。夏休みなど、雨に濡れながら遊ぶことはむしろ楽しいくらいだった。

その性癖は大学生になってからも変わらず、よほどの雨でなければ傘をさすということがなかった。東京は傘をささなくとも移動が可能な街であり、また、ジーンズがほとんど制服のようだった私は、濡れて困るような服を着ていなかったということもあった。

それともうひとつ、私が雨の日に傘をさすのが嫌いだったのは、雨が上がると傘をどこかに置き忘れてきてしまうということもあったかもしれない。子供の頃から、ひとつのことに夢中になると他のことをすっかり忘れてしまうというところがあったからだ。

だが、その初出勤の日の朝、私はジーンズのかわりに着慣れないビジネス・スーツを身につけ、スニーカーのかわりにビジネス・シューズを履いていた。しかも、その服と靴を濡らさないようにと黒い傘をさしている。

やはり、この姿は自分に合っていないのではないか？

そして、東京駅から中央郵便局のあいだの横断歩道を渡っているとき、雨の日に濡れないように傘をささなければならないという人生を送るのはよそう、と思ったのだ。

私にとっての問題は、雨そのものではなく、傘をさすという行為だった。

さて、その傘である。

たぶん私は、少年時代も、学生時代も、それ以後も、傘そのものに対する好悪《こうお》の感情は持っていなかったと思う。できれば持って歩きたくなかったが、特に好きでもなければ嫌いでもなかった。

ところが、あるときから、その傘が好きになってしまったのだ。

卒業してすぐにフリーランスのライターになった私は、あるとき新聞にコラムを連載した。

市井の人を取材し、その一瞬の輝きを、短い文章で描き切る。そうしたコラムの登場人物のひとりに「傘屋」の男性がいた。いくつかの偶然から傘を商うことになった彼は、ひとりで傘のデザインをし、素材を発注し、それらを使って完成品を作ってもらう。まさにたったひとりの「傘屋」だった。

その彼を取材して「あめ、あめ、ふれ、ふれ」という文章を書くと、とても喜んでくれ、お礼にと一本の傘をプレゼントしてくれた。

「これはあなたにぴったりの傘だと思います」

そう言われてみると、私のために作られたかのように思えてくる。布地は明るめの紺色、柄の部分は濃い茶色の木でできている。重量感はあるが重すぎるということはない。私は身長が比較的高いので、普通の傘だと、どうしても足元が濡れてしまう。ところが、その傘はいくらか大きめなので濡れることがない。

しばらく使っているうちに雨の日に傘をさして歩くのが嫌でなくなってきた。いや、むしろその傘をさして歩くのが楽しくなってきた。

そして、思った。やはり、いい物というのはあるのだな。いい物とは、高価というのでもなければ、有名というのでもなく、自分に合った物なのだな、と。

ところが。

それから四、五年たったある雨の晩、友人と青山のレストランで食事をし、帰る段になって、私が預けた傘がなくなっていることに気がついた。

正確に言えば、レストランの店員に傘を渡されたとき、すぐに自分の傘でないことに気がついたのだ。

外見はよく似ている。布地は明るめの紺色だし、柄の部分は木でできている。しかし、それは、私の大好きな「あの傘」ではなかった。似てはいるが、素材の質が微妙に落ちている。しかも、大きさがひとまわり小さくなっている。

店の人に事情を説明したが、誰が持っていってしまったかわからないという。そこには、似たようなものなのだからそれで我慢してくださいという響きがある。

私は腹を立てながら、諦《あきら》めるより仕方がないことを悟った。このレストランは、たかが一本の傘のために大追跡をしてくれるような店ではないだろう。

そこで、たったひとりの「傘屋」で買い直すことにしたが、「あの傘」と同じ傘は存在していなかった。それは、文字通り私のために作ってくれた、この世でたった一本の傘だったのだ。

以来、私はまた雨の日に傘をさして歩くのが憂鬱《ゆううつ》になってしまった。

ところが、ところが、である。

数年前、誕生日に一本の傘を贈られた。ニューヨークの有名ブランドが作ったという茶色の布地の傘だ。プレゼントしてもらえたのは嬉《うれ》しいが、私にはどんなものであれ海外の有名ブランドのロゴが大きく刻印されたような品を使う趣味の持ち合わせはない。そのまま家の傘立てに放り込んだままになっていた。しかし、ある日、雨が降っているにもかかわらず、仕事場にすべての傘が移動したままになっていて、さしていくべき傘がない。その「ブランド傘」をさすしかなくなった。

さしてみて驚いた。充分な大きさがあるにもかかわらずとても軽い。しかも、茶色い布地に織り込まれているロゴも、ほとんど目立たないように焦《こ》げ茶が使われている。柄の部分は木でできているが、その持ち心地もいい。

その日を境に、私はふたたび雨の日に傘をさして歩くのが楽しくなった。

しかし、一方で、「その傘」をさして行く場所を選ぶようになってしまった。以前「傘屋」が作ってくれた「あの傘」のように、預けた傘を間違われてしまうようなところにはさしていけない。つまり、私はまた大好きな傘を失うことを恐れるようになってしまったのだ。

そしてあらためて思い知らされることになった。いい物、自分に合った物を持つということは、失うことを恐れなくてはならないことなのだな、と。

かつて井上陽水は「傘がない」の中でこう歌った。

だけども問題は今日の雨
傘がない

いま、外を見ると、細かい雨が降り出している。これから待ち合わせの場所に出かけなくてはならない私にとって、今日の問題は、傘がないことではなく、好きな傘があることだ。

（15・6）

# 欲望について

先頃、北陸を旅した。

ちょうど金沢に着いた日が、翌日から大雪になるかもしれないという予報の出ている日曜日だった。

夜、どこかで軽く飲みながら食事をしようと主計町《かずえまち》茶屋街を歩いたが、日曜ということもあり、居酒屋風の店は軒並み灯りが消えている。さて、どうしよう。そう思いながら浅野川のほとりを歩いていると、小料理屋風の店が一軒開いている。入ると、大寒波の襲来ということが観光客にも広く行き渡っているせいなのか、客が誰もいない。

着物姿の若い女性に、一階にするか二階にするか訊《たず》ねられ、二階に上げてもらうことにした。

案内されたのは、窓から浅野川沿いに連なる街灯が見える、いかにも茶屋街らしい情緒あふれる空間だった。

出されたメニューを見ると、値段によっていくつかに分かれたコース料理が売り物の店であるらしい。私は、真ん中の値段のコースを選び、酒を一本もらうことにした。

やがて出てきた料理は、いくらか創作料理風の手が加えられた会席料理で、能登半島の食材が豊富に使われているおいしいものだった。途中の皿では、「のと115」という化学記号のような名前のついた肉厚のしいたけの味に驚かされもした。

客は他に誰もいないということもあり、着物姿の若い女性が私だけのために一階から二階に料理を運んでくれるのだが、その間合いも絶妙だ。それもあって、いつの間にか銚子《ちょうし》も三本まで進んでしまった。

しかし、料理を食べ、杯を乾《ほ》す、ということを繰り返しているうちに、あることを思い出して、つい笑ってしまった。

ひとりで酒を飲みながら思い出し笑いをしている。周囲に誰もいないからよかったものの、いれば、そしてその様子を見られてしまったら、なんとなく気味が悪い奴と思われたかもしれない。

ある晩、銀座の酒場のカウンターでひとり飲んでいると、隣に老紳士が腰を下ろした。

といっても、それはすでに十年以上前のことである。

ここ十年くらいは、銀座で誰かと会食をしたあと、ひとりでぶらりと馴染《なじ》みの酒場に行くということがほとんどなくなってきたからだ。

ちょっぴり寂しいことだが、食事が終わればまっすぐ家に帰るか、せいぜい一緒に食事をした人たちとどこかの酒場で軽く一、二杯のハードリカーを飲むくらいしかしない。

だが、十数年前のそのときは、食事のあと、ひとりで飲みたい気分だったのだろう、カウンターだけの小さな酒場に寄ったのだ。

隣に座った老紳士は、いわゆる酒場だけでの知り合いで、何度か言葉を交わしたことがある方だったが、さほど親しいという仲ではない。しかし、その晩は、老紳士によほど腹に据えかねたことがあったらしく、半分冗談めかしながらもかなり熱く、私に向かってこんなことを話し出した。

「いま、招待されて、なんとかという流行《はや》りのフランス料理屋で食事してきたんだが、これがひどい店でね」

何か怒りを吐き出したいのだろうと思った私は、誘い水になるような質問をした。

「どんな風にですか」

「フランス料理屋なのに、会席料理風に勝手に小皿が次々と出てくるんだよ」

なるほど、そういうことかと思った。

あるときから、日本のイタリア料理屋やフランス料理屋のコース料理に、会席料理を真似《まね》て小皿に盛った料理を次々と出すというスタイルが登場してきた。

私が初めてそういうスタイルの店に出会ったのは、西麻布の交差点と広尾の地下鉄駅のちょうど中間くらいの位置にあった「マリーエ」というイタリア料理屋だった。オーナーが声楽家の五十嵐喜芳《いがらしきよし》であり、娘さんの名前である麻利江から店名をつけたと聞いたことがある。

誰がそこに連れていってくれたのかはっきり覚えていないが、時期は一九七〇年代の終わりくらいだったと思う。

いまはコースの前に「アミューズ」と称して、日本の小料理屋の「突きだし」や会席料理の「先付」風の小皿が出てくるレストランも珍しくなくなったが、初めての「マリーエ」で、最初から次々とそのような小皿が出てきたときには驚いた。いや、驚いたというより、感動した。まったく初めて遭遇するスタイルだったからだ。ひとつひとつが洒落《しゃれ》た造りの料理であり、しかも飽きさせないくらいの量しか皿にのっていない。

それ以後、さまざまなイタリア料理やフランス料理の店で、コースに品数の多い小皿料理を供するようなところが増えていった。

銀座の酒場で隣に座った老紳士は、そういう店の一軒に連れていかれ、憤慨していたのだ。

しかし、私は、最初に「マリーエ」で食べたときの感動が忘れられないのか、そうした小皿料理を供する店が嫌いではない。

そこで、訊ねてみた。

「それがいけませんか？」

すると、老紳士は、いくらかむきになりながらこう言った。

「レストランには、今日はあれが食べたいと思うからそこに行くんだろ？ 今日は牛肉の赤ワイン煮込みが食べたい。だったらあのフランス料理屋がいいだろうという具合にね」

「それはそうですけど……」

「それが、訳のわからないものをのせた小皿が次々と出てきているうちに終わってしまう。そんなのは食事じゃないよな」

私は笑いながら首を振った。

「僕は、もしかしたら、そのように訳のわからないものが次々出てくる料理の方がいいかもしれませんね」

すると、老紳士は両手を広げて慨嘆した。

「君もか」


その老紳士は帝国ホテルの元社長である犬丸一郎氏だった。

犬丸さんとは、そのバーでときどきお会いするだけだったが、敗戦直後に、連合国軍が進駐してきて、最高司令官のダグラス・マッカーサーが帝国ホテルで食事をしたときのことなどを聞かせてもらったこともある。

その日、食事の前に、犬丸さんの父上で、当時やはり帝国ホテルの社長だった徹三氏が、マッカーサーに命じられ、車に同乗して焼け野原の東京都心を案内させられたという。

皇居前から、平河町や霞ヶ関と廻る途中、現在は国会図書館が建つあたりに差しかかった。そこにはかつてのドイツ大使館があったが、アメリカ軍機の空襲によってきれいに焼け落ちていた。

「あれがドイツ大使館のあったあたりです」

徹三氏がそう説明すると、マッカーサーが表情も変えずに言ったという。

「グッド・ジョブ！」

いい仕事をした、我が軍は、と。

やがて息子の犬丸さんは、徹三氏の命令によって、アメリカの大学のホテル科に留学し、そこからヨーロッパに渡る。

犬丸さんが書かれた『「帝国ホテル」から見た現代史』という本によれば、以来、フランスには三十回くらい、イタリアにも同じく三十回近く行っているという。

そのような犬丸さんにとって、会席料理風のフランス料理などとても受け入れられるものではなかったのだろう。

しかし、私は、そのときの犬丸氏の「怒り」の理由を聞いて、こう思ったものだった。

犬丸氏のように老いても旺盛《おうせい》な食欲がある人には何が食べたいという明確な欲望が常にあるのだろうが、私たちのような普通の食欲しかない者にとっては、特にオーダーしないでも次々といろいろな皿が出てくる会席料理風のものの方がありがたいのではないだろうか。少なくとも私は、イタリア料理屋だけでなく、フランス料理屋でも、会席料理風の小皿料理が次々出てくる店が嫌いではないな、と。

しかし、それから何年かの時が過ぎ、気がつくと自分も犬丸氏と同じような思いを抱くようになっているのに驚かされるようになった。いろいろな皿を食べるより、これという一皿を食べたくなってきていたのだ。そして、こう思うようになった。明確な一皿をこそ食べたいというのは、欲望の「旺盛さ」ではなく、むしろ欲望の「収縮」の問題だったのではないか、と。齢をとってくると、何でも受け入れるという欲望が収縮してくるから、逆に明確な一皿が食べたいと思うようになるのではないか、と。

現に私も、最近、和風の旅館に泊まり、夜、満艦飾のような料理の皿が並ぶ膳《ぜん》を見るたびに、内心やれやれと思うことが続いている。肉も魚も野菜も汁もと欲張らず、本当においしく調理された一品か二品の皿か鍋《なべ》を中心に、それをいかにおいしく食べてもらうかに心が配られた膳に遭遇したいものだと思うようになっているのだ。

たぶん、それも、私の欲望が「収縮」しているからかもしれないと思う。しかし、もしそれが年齢のせいだとすると、これからますます多くなる高齢者の欲望の有り様も似たものになる可能性が高いはずだ。

金沢の、主計町茶屋街の小料理屋では、最後にご飯ものを出してくれることになっているという。

「タイのカレーです」

着物姿の若い女性が言った。

「タイ・カレー?」

私が驚いて訊《き》き返すと、その反応を楽しむように、笑いながら説明してくれた。

「タイランドのタイではなく、魚の鯛《たい》のカレーです」

出てきた鯛のカレーは、こぶりの丼《どんぶり》に入れられてきた。カレーのルウがごはんの上にかけられているというより、全体に均等にまぶされており、その上に切り身のような鯛がのっている。

食べてみると、意外にも和風の料理の締めとしての落ち着きがあり、悪くない。しかし、もう少し量がほしかったなとも思った。

すべて食べ終わったところに、若い料理人が挨拶《あいさつ》に出てきてくれたが、私はこう言うのを必死に我慢しなくてはならなかった。

鯛のカレーはとてもおいしかった。もしこの次ここに来ることがあったら、酒のつまみに一、二品頼んだあとは、鯛のカレーをどんともらって食べたいな、と。もちろん、せっかく作ってくれた各種の料理を全否定していると受け取られかねない、そのような危険な台詞《せりふ》は最後まで口に出さなかった。

だが、それにしても。

あの夜、犬丸さんは、「流行りのフランス料理屋」で、店の人に何か自分の思いの丈を口にするというようなことがあったのだろうか。あるいは、何も言い残すことができなかったために、私にちょっとした愚痴を述べただけなのだろうか。

(18・5)

# 冬のひばり

私もまた、彼女について、実際に会うまで、いや会って話してみるまで、ある種の先入観を抱きつづけていたように思う。

その先入観とは、日常生活から歌手活動に至るすべてを母親に任せ、自分はただ舞台で歌っているだけの「芸能馬鹿《ばか》」で、衣装のセンスの悪さに象徴される鈍感な女性、といったものだ。

しかし、会って十分もしないうちに、この人は、もしかしたら、私たちが決めつけているような女性ではなく、繊細といってもいいほどの鋭敏さを持っている女性なのではないか、と思うようになった。

最初にそう思わされたのは、彼女の母親について話しているときだった。

彼女には、一卵性母娘《おやこ》とからかわれるほど彼女のために尽くし、ほとんどその全人生を注ぎ込んだといってもよい母親がいた。しかし、その母親に死なれて、ひとり取り残された彼女は、剝《む》き出しの現実と直面せざるを得ず、とりわけ経済的な問題については途方に暮れることが多かったに違いない……。

ところが、私のそうした思い込みに対して、彼女は意外な話を始めた。

「仕事のことや、お金のことも、だいたいわかっていたけど、私が知らないふりをしていなければ、あんなに一生懸命にやってくれているおふくろに悪いじゃない」

そのとき、おやっ、この人は、と思った。そして、さらに、こんな話が出てくるにいたって、つまらぬ先入観は打ち砕かれることになったのだ。

まだシルクハットに燕尾《えんび》服《ふく》を着て歌っていた時代だというから、彼女が十二、三歳の頃のことだったろう。地方に公演に行くと、夜の部が終わったあとも、熱狂的なファンに取り囲まれて宿に帰ることができない。そこで誰かが一計を案じ、ステッキの先にシルクハットをのせ、人込みの中からちらっと見せることにした。それを見たファンは彼女がそこにいると錯覚し、歓声をあげて殺到する。その隙《すき》に、男衆に背負われた彼女が、逃げるように走り去る。

「当時は、車でさっと帰って、一流ホテルの玄関に横づけにする、という時代ではありませんでしたからね。劇場から走っても行けるような安旅館に泊まっていたんです。

ただ、そんなことをされるたびに、私はなんでこんな思いをしなければいけないのかしらと思っていました。こんな真っ暗な中を、男の人におぶわれて、犯人みたいにコートですっぽり隠されて、線路づたいに走っていく。どうしてだろうって……」

私にはその姿が眼に浮かぶようだった。

コートにすっぽりと覆《おお》われてというのだから、それはやはり冬のことなのだろう。以前の冬は、いまよりもっと寒かったような気がする。そして、夜の闇《やみ》もいまよりもっと深く濃かった。地方の小都市には、現在のように小ぎれいな市民ホールもなく、駅前の映画館が主要な劇場でもあったのだろう。

そこでの公演を終えると、近くの旅館に駆け込もうとする男衆の背中にしがみつきながら、さまざまなことを感じている少女がいる。その多くは疑問だ。どうして自分はこんなことをしなくてはいけないのか。どうして自分は他の少女と同じことをしていられないのだろう……。

考えてみれば、そんな少女が鈍感なはずはなかったのだ。

しかし、彼女は、だからといってシルクハットをかぶって歌うことをやめようとは思わなかった。なぜなら、彼女はスターであることが決して嫌いではなかったからだ。

彼女、美空《みそら》ひばりが死んだのは、私が会ってから五年後のことだった。会ったのがどんな季節だったかは忘れたが、彼女のことを思い出すと、冬、男衆に背負われ、暗い線路際《ぎわ》の道を行く少女の姿が眼に浮かぶ。

（97・2）

## 熱を浴びる

私は、二十代の半ばに、ユーラシアの外縁をうろつく長い旅をしたことがある。旅から帰った私は『深夜特急』というタイトルの紀行文を書いたが、その中の、香港からシンガポールまでを収めた第一巻には、特にマカオについて一章が設けられている。そこに、ある人物について触れた、こんな文章がある。

私は大学で第二外国語にスペイン語を選択した。それによってセルバンテスを原語で読んでやろうとか、会社に入ってから役立てようとかいった真っ当な理由があったわけではなく、ドイツ語もフランス語もロシア語も中国語もやりたくなかったからという消極的なものでしかなかったが、自分でも意外なほどよく授業に出た。スペイン語の教師の話が面白かったのだ。

眼鏡をかけ、小太りで、せっかちな喋《しゃべ》り方をする。せっかちなのは、喋りたいことが溢《あふ》れるほどあるからなのだ、ということはしばらくするうちにわかってきた。彼は、九十分の授業時間のうち十五分ほど教科書を読むと、あとは必ず、その溢れんばかりにたまっている自身の話を始めた。

私が習ったスペイン語の教師は女子大から来ている非常勤講師であり、日欧交渉史とでもいうべき分野の研究者だった。とりわけ十六世紀から十七世紀にかけての日本と南欧諸国との交渉が専門であるらしく、話はすぐにイエズス会や南蛮貿易にそれていき、いつの間にかスペインやポルトガルでの彼の研究生活の時代に飛んでいく。日本を訪れた宣教師が本国へ送った手紙などを集めてある古文書館で思いがけない一通を発見した時の感動といったものから、日本には新幹線といってマドリードとバルセロナの間を三、四時間で走る列車があると言うと嘘《うそ》つきと思われて相手にされなくなったというどうでもいいようなものまで、話は尽きることがなかった。

そのような話の中で、南欧の都市でもないのに頻繁に口をついて出てきた都市の名が三つある。ゴアとマラッカとマカオ。それらはいずれもポルトガルのアジア貿易の前進基地としての役割を果したところである。かつての栄光の時代はポルトガルの没落と共に去り、いまは歴史の化石のような所になってしまっている。彼が話してくれたその経緯は、ゴアの場合もマラッカの場合も面白かったが、とりわけ私にはマカオが印象的だった。

マカオは、日本への生糸と日本からの銀で栄えた貿易基地だった。ところが、日本におけるキリスト教への圧力が強まるにつれて、日本との貿易が困難になっていく。東アジアにおけるイエズス会の伝道のための基地であり、マカオ市民の精神的な拠《よ》り所《どころ》であった聖パウロ学院教会は、マカオの衰退と運命を共にするかのように焼失し、前の壁を一枚だけ残してすべてが潰《つい》え去ったという。

その壁の前に立った時の感動を、小太りの中年のオッサンが息もつかずに喋りつづける姿は、なかなか悪くなかった。そのような熱い心を持っていなければ、どこかの国の宣教師が書いた五百年も前の手紙の翻訳に一生を賭《か》けなどしないだろう、と思わせるものが彼にはあった。もっとも、あまりにも愛しすぎたためか、スペイン語を習いたての私たちへの試験問題にまで、十六、七世紀の宣教師が書いた手紙を使いたがるのには閉口したが……。

言うまでもなく、この「小太りの中年のオッサン」というのは、三十年近く前の松田毅一《きいち》先生である。私は横浜国立大学経済学部で松田先生にスペイン語の授業を受けたことがあるのだ。

私は、単に教師を教師であるというだけの理由で「先生」と呼ぶのを好まない。それは、私の気持のどこかに、ひとりの人間にとって「先生」と呼べる相手がそうたくさんいてはたまらない、という思いがあるからなのだろう。

だから、小学校から大学まで数多くの教師と接していながら、素直に「先生」と呼べる教師は何人もいない。しかし、不思議なことに、教師と生徒という関係でいえば極めて淡いものしかなかったはずの松田毅一先生に対しては、素直に「先生」と口にすることができるのだ。

それは、たぶん、松田先生が私の「先生像」に合致するところを多く持っているからだろうという気がする。

私が大学の授業にほとんど出なかったのは、大学の教師というもの、あるいは大学の教師の講義というものにうんざりしていたからだ。その程度の話を聞くくらいなら、港のベンチで本でも読んでいた方がましだぜ、というレベルの講義が多かった。しかし、そんな私が松田先生のスペイン語の授業はかなり勤勉に出席したのだ。それが語学の授業で、出席しないと単位がもらえなかったから、というのではなかった。むしろ、松田先生は出欠については極めて寛容だったと記憶する。

スペイン語の授業そのものは極めてシンプルなものだった。先に挙げた文章に記した通り、大学書林版の『スペイン語四週間』をテキストとして使い、かなりのスピードで読んではどんどん前に進んでいってしまう。九十分の授業のうち十五分というのはいささか大袈裟《おおげさ》にしても、三十分以上はスペイン語の授業をしなかったと思う。そして、そのあとはいつも雑談になった。それでも、「上智《じょうち》大学のスペイン語学科よりも進んでいるはずです」というのが松田先生の得意の口癖だった。

私が松田先生の授業に惹《ひ》かれたのは、授業の合間の雑談が面白かったということもあるが、それ以上に、人間としての松田先生が興味深かったのだろうと思う。私たちは、少なくとも私は、大学の講義に書物に記されてあるような知識の断片を求めているわけではなかった。私たちは、いや私は、大学の教師から何らかの「熱」を浴びたかったのだと思う。その「熱」に感応して、自分も何かをしたかったのだと思う。そして、松田先生には、研究者としての、教育者としての「熱」が間違いなくあった。

松田先生の「熱」は、私をスペイン語にも、日欧交渉史にも向かわせることはなかった。だが、その数年後に、私を西に向かって旅立たせるひとつの力となった。

――あのオッサンが話していた土地を訪れてみようか……。

そうして旅に出た私は、マカオ、マラッカ、ゴアを経て、イタリア、スペイン、ポルトガルへと向かうことになったのだ。

私は松田先生が亡《な》くなられたことをまったく知らなかった。その日、松田先生が亡くなられた日、私はスペインのマラガにいた。マラガは、私の二十代の旅で、心を残したまま足早に立ち去らなければならなかった街であり、いつかもういちど訪ねてみたいと思いつづけていた街でもあったのだ。

マラガの高台にはイスラム風の城塞《じょうさい》があり、そこには地中海を望む丘がある。私はその日、リスボンにも、マカオにもつながる海を見ながら、なぜか松田先生のことを思い出したりしていた、などと出来過ぎた嘘を書くつもりはない。ただ、私にとって初めての長い旅から四半世紀が過ぎたいま、再びこの地に足を踏み入れることができたということを、不思議な心の波立ちをもって受け止めていたことは確かである。そこには明らかに何人かへの感謝の念が含まれていた。

松田先生にスペイン語の授業を受けなければ、私の旅があのようなものになることはなかったろう。もし、松田先生の授業を受けなかったとしたら、香港に立ち寄ってもマカオに行くことはなく、クアラルンプールからシンガポールに向かう途中でマラッカに迂回《うかい》することもなく、そもそも西に向けてのあのような旅に出ようという願望を抱くようになったかどうかさえわからない。
間違いなく私は松田先生の教え子のひとりであり、もしかしたら誰よりも強烈にその「熱」を浴びたひとりだったのかもしれない。いま、ふと、そんなことを思ったりもする。

（97・11）

# 最初の人

また大切な人が亡くなった。五月四日、長洲《ながす》一二《かずじ》先生が死去されたのだ。

長洲先生は私の大学におけるゼミナールの教官だった。しかし、先生が私にとって「大切な人」だったというとき、それは単にゼミナールの教官であったからというだけが理由ではない。先生は、いわば「最初の人」だったのだ。

もちろん、先生がいなければ、文筆を業とする現在の私は存在していない。大学を卒業して就職したものの、たった一日で会社を辞めてしまった私に、「何か書いてみないか」と声を掛けてくれたのが長洲先生だった。すべてはそのひとことから始まった。

しかし、先生が「最初の人」であるのは、私をジャーナリズムの世界に送り出すきっかけを作ってくれた人としてではないのだ。

それは私が十九歳から二十歳になろうとしているときのことだった。初冬のある日、私は鎌倉の長洲先生の家に向かっていた。

当時、私は経済学部の二年生でゼミナール選択の時期を迎えていた。だが、経済学という学問そのものに興味を失っていた私には、どの教官のどのゼミに行こうが大差ないと思えてならなかった。それでも最終的に長洲ゼミを選ぶことにしたのは、先生の「社会科学概論」の講義が、私の出席していた数少ない講義のひとつだったからということが大きかった。しかし、当時の長洲先生は論壇のスターだった。そのような「花形教官」のゼミを選ぶということに、ある種のやましさを覚えないわけにはいかなかった私は、第二志望のゼミに、およそ人気のない、地味な日本経済史の研究をしている若手の教官のゼミを選ぶことで、心理的なバランスを取ろうとした。

その志望書を出してしばらくすると、教務課の掲示板に、長洲ゼミを希望する者は原稿用紙五枚以内で作文を書いてくるようにという貼《は》り紙が出された。希望者が多いためそれによって選抜するということのようだった。

退屈していた私は暇つぶしができたことを喜び、その作文を書き上げることに熱中した。しかし、自信をもって提出した二週間後、長洲ゼミに入ることを許可された十二人の名簿の中に私の名はなかった。

私はそれを見てショックを受け、次に腹を立てた。あの作文のどこが悪かったというのだろう。別に長洲ゼミにどうしても入りたいとは思わないが、あの作文を読んでこの学生は必要ないと判断した理由は何なのだろう。先生に会ってその理由を教えてもらいたい……。

いまになれば、そうすることで傷つけられた自尊心の回復を図ろうとしていたのだということがわかる。だが、そのときは、自身の傲慢《ごうまん》さに気づかず、自分にはそうする権利があると思い込んでいた。

何度か先生の研究室を訪ねたが不在だった。数日後にはもうゼミの進路を決めなくてはならないというある日、私は意を決して先生の自宅に電話をした。第二志望のゼミに行くことはいやではなかったが、どうしても先生に合否の理由を教えてもらいたかった。

電話に出たのは先生の奥様だった。私が理由を説明すると、親身になって聞いてくれた奥様がこう言った。長洲はここ数日は忙しくて家にも大学にも落ち着いていないと思う。でも、明日の朝なら確実に家にいる。よかったら早朝に訪ねていらっしゃい。

翌朝、暗いうちに家を出た私は、ようやく稲村ヶ崎の先生の家を捜し当てるとベルを押した。奥様が寒いのに大変だったわねとねぎらってくれ、すぐに書斎に通された。

先生の前に座った私は、緊張したまま訪ねてきた理由を話しはじめた。

それを黙って聞いていた先生は、私が話しおわると、意外なほどやさしい口調で言った。

――私が作文を書かせたのは、合否の判定をするためではなかった。どれだけ本気で入ろうとしているかを確かめただけで、中身はまったく読まなかった。では、どのように合否を決めたのか。それは第二志望のゼミをどこにしているかによっていたのだ。つまり、私のゼミを落とされた人が、第二志望のゼミにも入れてもらえないなどということがないように、希望者が多いところを第二志望としている人を入れ、少ないゼミを第二志望としている人を機械的に落としたのだ……。

それを聞いて私は納得した。先生はあの作文を読んで落としたのではないという。それならこちらも文句のつけようがない。素直に第二志望のゼミに行こう。そう思っていると、しかし、と先生は言った。

「どんな理由であれ、私は君を私のゼミに入れなかった。そうなんですね」

私がうなずくと、先生はこう言った。

「それは間違いでした」

私は驚いて先生の顔を見た。すると、先生はあらたまった口調でこう言ったのだ。

「私のゼミに入ってくれますか？」

その言葉にさらに驚かされた。ゼミに入れてやろう、でもなく、ゼミに入りなさい、でもなく、ゼミに入ってくれますか、と言ったのだ。

私はしばし茫然《ぼうぜん》としてから、慌《あわ》てて、ええ、と返事した。

いまでも、先生が亡くなったいまでも、あのときどうして「入ってくれますか」などというような言い方をされたのかわからない。

しかし、それが私にとって初めての言葉だということはその時すでにわかっていた。その言葉の底には、君は何者かになりうる、というメッセージが存在するように思えた。そして、そのようなメッセージを発してくれた「大人」は、先生が初めてだったのだ。

もしかしたら、私は二十歳からの困難な数年を、先生のその言葉ひとつを支えに切り抜けていったのかもしれないと思う。

そして、こうも思う。教師が教え子に、あるいは「大人」が「若者」に、真に与えられるものがあるとすれば、それは「君は何者かになりうるんだよ」というメッセージだけではないだろうかと。

（99・6）

## ふもとの楽しみ

田辺聖子さんのエッセイ集の中で、私がとりわけ好きなものに『篭《かご》にりんご テーブルにお茶…』がある。若い女性に向けて、柔らかい口調でさりげなく人生論を展開しているという趣のものだ。私はすでに若くもなく、女性でもないが、ふと思い立っては書棚から取り出し、そのうちの何編かを読むことがある。読んでは、そうだよなあ、と心の中で相槌《あいづち》を打ったり、そうかもしれないなあ、とあらためて考え直したりする。

中でも、私が好きな一編は、「てっぺん」と題されたエッセイである。それをいまよりずっと若いころに読んで、人生観が少し変わった。いや、田辺さんの作品に対して、人生観が変わったなどという大袈裟な物言いがふさわしくないとしたら、自分を含めた「ひと」というものに対する考え方に影響を受けた、と言っておこうか。

その「てっぺん」というエッセイは、まず政治家という種族へのやんわりとした揶《や》揄《ゆ》から始まる。どうして彼らは総理大臣という「てっぺん」ばかり目指すのだろう、と。

《なんで、みんな、てっぺんへ登りたがるのですか。麓《ふもと》でもすてきな所はいっぱい、あるのだ。

中腹が好きな人もあっていいだろう。

いや、三合目くらいがいちばん、いいんだ、という人もある》

会社づとめをしている人の中に、出世することより現場の仕事を愛するという人がいる。「てっぺん」好きの人は、そんな人のことを軽蔑《けいべつ》したりする。しかし、と田辺さんは言うのだ。

《私はといえば、ふもとや三合目をみずから望んで、人生をたのしんでいる人が好きである》

社長とか、重役とかを目指している「てっぺん」好きの人は、人生において大事なものを置き忘れるということもあるだろう。

《てっぺんだけをめざしているうちに、人生のいちばん美味《おい》しい部分が、腐ってたべられなくなっちゃったり、するのだ》

れる。
　そこから、若い女性に対して、結婚というものについてのひとつの考え方が提示さ
　結婚相手として、学歴や収入や容姿などに「総理大臣になる」ほどの難しい条件をつけるのは、やはりもうひとつの「てっぺん」を追い求める生き方であり、ばかばかしすぎないか。
《てっぺんよりふもとの方で、仲よくやれる人をみつけるべきである》
　そして、なにより、相手を求めて焦《あせ》る前に、現在の生活をひとりで充分に楽しめるようになることが大事なのではないか。しかし、だからといって、肩肘《かたひじ》張ってひとりでどこまでも生きていく、などと思い込む必要はない。
《かたくなにならなくてもいいけれど、ふもとや三合目であそぶことを知っている女の子。いそいそして、けなげに生きている女の子は、自分の好み、というものができていて、何が何でもてっぺんへ登りさえすればいい、とは思わない》
　私がこの田辺さんのエッセイを読んで軽い衝撃を受けたのは、自分の内部にある「てっぺん」好きの部分に気づかされたからだったと思う。自分自身はあるとき「てっぺん」を目指すという生き方から意識的に離脱したはずなのに、ノンフィクション

のライターとしては「てっぺん」を目指す人、目指していた人に強い関心を寄せ、結果として自分自身も「てっぺん」を目指していたかもしれないと思い至ったからである。

そして、このエッセイの考え方によって周囲を見てみると、「ひと」に対する価値観に変化が起きるような気がしてきた。

いままで、どうしてもっと頑張らないのだろうと歯痒《はがゆ》く思っていた親しい友人が、むしろ「ふもとや三合目であそぶことを知っている」奴《やつ》であり、「自分の好み、というものができて」いて、現在の生活を充分に楽しんでいる男だったりする。

だが、このエッセイが、心の底にストンと落ちてくるようになるには、実際に田辺さんとお会いするという経験が必要だったかもしれない。いや、もう少し正確に言うと、田辺さんと夫である「カモカのおっちゃん」のお二人に会う必要があったような気がするのだ。

カモカのおっちゃんとは、そう頻繁にお会いしていたわけではない。両手の指で折れるくらいの回数でしかなかっただろう。しかし、その機会は、私にとってすべて印象深いものだった。

お二人と初めて会ったのは、私が二十代から三十代に差しかかったころだった。田辺さんの本の解説を書かせていただく機会があり、上京されたおりに編集者を交えて食事をすることになったのだ。場所は西麻布の小料理屋であり、田辺さんとおっちゃん、私と私の妻、それに編集者が二人の計六人だった。

その席に私の妻が一緒だったのは、彼女が田辺さんの熱心な読者だったからだ。私は、もし彼女と知り合わなかったら、田辺さんの本と巡り合わなかったかもしれない。それまでの私には、女性作家の小説を読むという習慣がまったくなかったのだ。だが、妻の書棚には田辺さんの本のすべてがあり、あるとき、彼女にこう言われた。

「田辺さんの本は読んでおいた方がいいような気がする」

私には強情なところと素直なところが同居しているが、そのときは素直に田辺さんの本を読むことにした。そして、私はいままで読んだことのないような作品世界があることを知らされたのだ。

お二人に初めてお会いしたその西麻布の小料理屋では、「お造り」として出されてきた魚介類の中に、小さな木のサクに入ったままのウニがあった。それを見て、妻が嘆声を発した。

「こんなの、初めて」

私は一瞬どのように反応してよいか迷ってしまった。初めて会食する方々を前にして、妻のその世間知らずぶりに驚けばよいのか、呆《あき》れればよいのか。ところが、妻がそう言うと、すぐに、まさに打てば響くというような調子で、カモカのおっちゃんが私に向かって言ったのだ。

「それくらい食べさせてやりィーな」

そこで大笑いになった。そして、次の瞬間、お二人と私たちとの距離が一挙に縮まったように感じられた。

もし、私が呆れたとでもいう表情を浮かべれば、妻を傷つけることになったかもしれない。しかし、私にそんな表情を浮かべる暇も与えずに、カモカのおっちゃんは一声発してくれたのだ。

いまでも我が家では、子供が珍しいものを初めて食べて感動したりすると、つい妻と二人で声を出して言い合ってしまう。

「それくらい食べさせてやりィーな」

それからしばらくして、こんどは駿河台《するがだい》にある小さなホテルでお会いした。

当時、私は新聞の全国紙に初めての連載をしていた。若かった上に、連載小説の欄でノンフィクションを書くという変わったことをしていたため、ジャーナリズムの世界ではほんの少しだが話題になっていた。私自身は、これまでの仕事と異なる特別なものではないと思っているつもりだったが、知らないうちに肩に力が入っていたのかもしれない。

カモカのおっちゃんは、そこに同席していた人からその話題が出されると、私に向かってただひとことこう言った。

「これから大変やなあ」

普通に考えれば、そんな仕事を若いうちにしてしまうと、以後の展開が難しくなるという意味に取ることができるだろう。それには、前提として、その仕事が「何か」であるという認識が存在するはずだ。しかし、カモカのおっちゃんの「ひとこと」には、そんな前提がまったく含まれていないようだった。単に、いまも大変だろうが、これからも大変だろうと言っているにすぎないようだった。いや、むしろ、私には、これから先の大変さに比べれば、いまやっていることなど特に何ということはないのではないかとさえ言っているように聞こえた。

そのとき、不思議なことに、ふっと肩から無駄な力が抜けていくような気がした。

それは、カモカのおっちゃんの「ひとこと」が、やはりその仕事をどこかで特別視していた自分に気づかせてくれた結果と言えるのかもしれなかった。

カモカのおっちゃんの考え方はどんなときにも一貫していたように思う。そこには、常に、何かを特別視しようとするものを相対化してくれるものが秘められていた。私にとってカモカのおっちゃんは、若いうちに遭遇することのできた数少ない「大人」のひとりだった。そして、田辺さんが「てっぺん」で書いている、「ふもとや三合目をみずから望んで、人生をたのしんでいる人」の具体的な「見本」のような人物だった。

それは、田辺さんにとっても同じだったのではないかという気がしないでもない。もしかしたら、田辺さんも、かつては文学者として「てっぺん」を目指すようなところが皆無ではなかったかもしれない。しかし、カモカのおっちゃんと出会い、一緒に暮らすようになって、「ふもと」の楽しみを身をもって感じ取れるようになったのではないだろうか。

田辺さんの『篭にりんご　テーブルにお茶…』の中に「ユーモアについて」という文章がある。そこにこんな一節がある。

《私の知っている男の人に、

「それが何ぼのもんじゃ」

という口ぐせの人がある》

この男性とは、もちろん、カモカのおっちゃんのことであるだろう。田辺さんの幸せは、自分のやっていること、小説を書くということに理解を示しつつ、しかし「それが何ぼのもんじゃ」と言ってくれる人を身近に持ったということだったと思われる。

田辺さんが、いわゆる「大家」になってからも、決して「大家風」にならず、常に「普通の人」としてのバランス感覚を失わなかったのも、近くに「それが何ぼのもんじゃ」と言ってくれるカモカのおっちゃんという存在があったからだと思える。そして、いまもなおそれが失われていないのは、依然として「それが何ぼのもんじゃ」というカモカのおっちゃんがいてくれるからだと思う。亡くなってからもずっと、田辺さんのすぐそばに。

しかし、ふとこんなことを思ったりもする。カモカのおっちゃんにとって「てっぺん」とは何だったのだろう。カモカのおっちゃんはただの一度も「てっぺん」を目指したことがなかったのだろうか。それとも、「てっぺん」が「ふもと」でもあるという、希有《けう》な人生を歩めた人だったのだろうか……。

これは田辺さんの全集であり、本来は田辺さんについて書くべき場所なのに、カモカのおっちゃんのことばかり書いてしまった。それには、私にこういう思いがあったからである。

あれは田辺さん御夫妻が神戸から伊丹《いたみ》に引っ越されたあとのことだった。妻と二人で新居にうかがい、御馳走《ごちそう》になったうえ、図々《ずうずう》しくも泊めていただいたことがあった。そのとき、妻が田辺さんに小さな箱に入ったプレゼントを差し出すと、田辺さんが嬉《うれ》しそうにその包みを開けはじめた。私とカモカのおっちゃんは、その嬉々《きき》とした二人のやりとりをただ茫然と眺めているばかりだったのだが、しばらくしておっちゃんが私に向かってこう言った。

「男はつまらんなあ」

それがとても羨《うらや》ましそうだったので、一瞬、私もカモカのおっちゃんのために何か持ってくるべきだったのだろうかと思ったくらいだった。しかし、すぐに、私がカモカのおっちゃんにリボンで結んだ小箱など渡したら気色悪がるはずだと思い直した。だが、ときおり、カモカのおっちゃんのことを思い出すと、どんなにつまらないものでもいいから持っていき、お渡しすればよかったなと後悔する。

そう、私には、そのときの「つまらないもの」の代わりになってくれるような文章をいつか書きたいという思いがあったのだ。そこで、少し強引ながら、この機会に書かせていただくことにした。

いいですよね、田辺さん？

（06・5）

# 与えるだけで

ある晩、銀座の小さな酒場のカウンターで酒を飲んでいた。私は二十代だったから、たぶんバーボンのストレートを飲んでいたのだと思う。

横には見知らぬオッサンがやはりひとりで飲んでいて、なんとなく言葉を交わすようになった。後になってその眼光に独特の鋭さがあることに気がつくのだが、そのときは大して風采《ふうさい》の上がらない痩《や》せぎすのオッサンを、インテリであることが災いしてあまり出世できなかった部長クラスの会社員なのではないかなどと思っていた。

ところが、しばらく話していると、不意にそのオッサンが持ち物の紙包みを開けて言ったのだ。

「これ、お食べになりませんか」

見ると、そこにはきれいな色の和菓子があった。

「さっき、三越の地下で買ってきたんですけど、これはとてもおいしいんですよ」

酒場で和菓子を勧めるとは不思議なことをする人だと思ったが、年長の人が勧めることを断わるのは罪悪だ、と思っているようなところがある私は、礼を言って素直にひとつつまんでみた。バーボンに和菓子というのも珍妙な取り合せだったが、確かにおいしいこともあって、ついでにもうひとつ貰《もら》って食べてしまった。

酒場のおかみとのやりとりを小耳にはさむかぎりでは、どうやらそのオッサンは「辻留《つじとめ》」で働いている誰かを待っているらしい。そういえば、私も一度、「辻留」で対談をしたことがあったが、話に熱中するあまりほとんど箸《はし》をつけないうちに皿や鉢を下げられ、有名なその店の懐石料理の味を、ゆっくり味わうこともできないまま空《むな》しく帰ったことがあった。

「辻留では一度しっかり料理を味わってみたいと思っているんですよ」

そこに知り合いがいるらしいということもあって、ちょっとした儀礼的な挨拶《あいさつ》程度のつもりで言うと、そのオッサンがこともなげに呟《つぶや》いた。

「それでは、こんど一緒に参りましょうか」

私はびっくりしてしまった。この定年間近風のオッサンが見ず知らずの若造を、あのひどく高そうな「辻留」に連れていってくれるという。何を調子のいいことを言っているのだろう。私は急に真面目《まじめ》に相手をしているのが馬鹿ばかしくなってきてしまった。

そんなことがあったということすら忘れてしまっていた一カ月後、そのオッサンの秘書だという女性から「辻留」で会食をしないかという誘いの電話が掛かってきた。なんとオッサンは私もよく知っている会社の社長だったのだ。仕事に追われていた私は心ならずも断わらざるをえなかったが、そのオッサンの、酒場での話を忘れない律《りち》儀《ぎ》さに、これはと思わされた。すると、それからまた一カ月後に、同じような誘いの電話があった。今度は喜んで参加すると、そこにはオッサンの友人だという二人の企業経営者がいた。どちらの会社もよく知られている大きな企業だった。三人はいずれも五十代であり、サラリーマン社長ではなくオーナー社長であり、二代目だということが共通していた。

オッサンの友人である二人は、彼が連れてきた若造の私を、いったい何者か知らないままに温かく受け入れてくれた。もっとも、オッサンにしたところで、私について知っていることといえば、酒場のおかみに教えてもらったにちがいない名前と電話番号くらいのはずだったが。

それ以来、私も彼らの会に呼ばれることが重なり、いつの間にか正式のメンバーのようになってしまった。そして私は、彼らによって、東京の四季というものに眼を開かされる機会を多く持てるようになった。その多くは食べるということにつながっていたが、正月には柳橋へ、花見には千鳥ヶ淵《ふち》へ、鮎《あゆ》の季節には多摩川べりへ、酉《とり》の市《いち》には浅草へ、ふぐの季節には築地《つきじ》へと、そのたびに私の知らない東京を味わわせてもらうことになった。

いや、それだけではない。オッサンはその席にさまざまな人を招くことで、私がこれまで触れることのなかった世界にも導いてくれたのだった。

そう、その「オッサン」こそ、小学館の相賀《おうが》徹夫《てつお》さんだった。

相賀さんは、私に与えるだけで何も求めなかった。いつか、何か仕事上の頼み事をしてくれないかと、どこかで心待ちにしているようなところもあった。しかし、会うたびに「いい仕事をされていますね」と言うだけで、何も依頼はしてくださらなかった。

この三十年、会ったからといって特別な何を話せる能力があるわけでもない私を、常に相賀さんはひとりの「友人」として扱ってくださった。ただ単に、私があの日、相賀さんが勧める和菓子を断わらなかったというだけの理由で。

（09・3）

# 極楽とんぼ

## 1

去年の十一月、青山にあるイタリア料理店で「太田欣三《きんぞう》さんを偲《しの》ぶ会」という小さな集まりがもたれた。

太田欣三といっても一般にはあまり知られた名前ではないかもしれない。太田さんはすぐれた編集者だったが、誰でも知っているというような大きな出版社で編集をしていたわけではなかったからだ。太田さんが長く編集していたのは、ＴＢＳの「調査情報」という放送専門誌だった。いわば一企業のＰＲ誌といってもいいような雑誌を編集していたのだ。しかし、少なくとも私にとって、太田さんは最も大切な編集者のひとりだった。

二十三歳のときに初めて会って以来、常にその「眼」を意識しつづけてきた。一緒に仕事をしたのは一九七一年八月から一九七五年八月までの四年間である。しかも、そのうちの一年は私がユーラシアへの旅に出ていたから、正味はわずか三年ということになる。だが、その三年のあいだはもちろんのこと、「調査情報」で仕事をすることがなくなってからも、常に太田さんの「眼」を意識しつづけていた。これを読んだら太田さんはどう思うだろう、そしてなんと言うだろうか、と。

太田さんは、原稿の遅い私に実に根気よく付き合ってくれた。編集部の別室に泊まり込んで書いている私が、ようやく何枚か書き上げると、それを待ちかねたように持っていっては自分の机で読んでくれる。そして、常に面白いと言いつづけてくれた。面白いからどんどん書け、と。

私の原稿が常に予定の枚数より長くなってしまう理由のひとつはそこにもある。のちに、太田さんにはよくそんなことを冗談めかして言ったりしたものだった。

青山での「太田欣三さんを偲ぶ会」には、親しかったライターや編集者や酒場の経営者や「調査情報」でアルバイトをしていた女性などが参加しており、会が進むにつれてそれぞれに思いのこもった太田さんに関する話を披露してくれた。最近では二、三年に一度というくらいしか会うことがなかったので、初めて知ることも少なくなかった。

途中で、私も求められ、こんな話をした。

　――太田さんが「調査情報」の編集部を辞めるとき、TBSの社員食堂で「お別れの会」のようなものが催された。その会が終わると、最後まで残った数人で近所の酒場に向かうことになった。

　そこで、太田さんが、私に向かって苦笑まじりに言ったことがある。

「若い書き手の中には、自分にも沢木のように付き合ってくれという奴がいたりもするが、そういうのにはこう返事をするんだよ。あのときは沢木も若かったけど俺も若かった。だから、あんなことができたんだ。とてもじゃないけど、いまはもうできない」

　それを聞いたときは、ただ一緒に笑っているだけだったが、この会で太田さんの七十五という享年《きょうねん》を知り、あらためてそのことの意味を噛《か》み締めることになった。そうなのだ。本当に太田さんは若かったのだ。私が二十三のとき、太田さんは三十六だった。その当時は、私にとって、年長の人はおしなべてひどく年上に思えていたものだった。太田さんと一緒に「調査情報」を作っていた今井明夫氏も宮川史朗氏も、すべて年上であり、年齢など気にすることもないほどの年長者だった。

　しかし、いま、あらためて、太田さんも三十代だったからこそ、私とのあの濃密な付き合いができたのだなと気がついた……。

私がたどたどしくそのようなことを話すと、終わってから、ひとりの男性が近寄ってきて言った。

「それは僕なんです」

「えっ？」

「太田さんに、沢木さんのように鍛えてくださいと言ったのは僕なんです。でも、沢木さんが話されたように簡単に断られてしまいました」

その人は、太田さんが編集している「調査情報」の、最後に近い時期に書き手として関わっていたのだという。

その話を聞いて、ある感慨が湧《わ》いてきた。もし、その人が三十代の太田さんと出会っていれば、ライターとしての歩みはどうなっていたのだろうか、と。そして、それは、私が三十代の太田さんと出会っていなければどのような書き手になっていただろうというのと同じことだった。

私にとって太田さんは、ライターと編集者という関係を超えた存在だった。「師」でもなく、「友」でもなく、もとより「身内」でもない。しかし、そのすべてであるような意識を抱いて接しつづけていたような気がする。

## 2

太田さんが亡くなったのは去年の九月だった。「偲ぶ会」はそれから二カ月後に催されたことになるのだが、そこで私は初めて夫人の貴美子《きみこ》さんにお会いした。

実は、太田さんは、私が「調査情報」に出入りする前後から、私生活は風雲急を告げていて、前の夫人と離婚をしていたのだ。詳しいことはわからなかったが、同居している太田さんのお母さんと折り合いが悪かったことも一因だったらしく、離婚の結果、母方で暮らすことになった二人のお子さんとも別れていた。そして、しばらくして、ひとまわり若い女性と再婚することになったのだが、私はその貴美子さんとなかなかお会いする機会がなかった。

「いや、うちのカミさんがね」

太田さんは、齢《とし》を重ねるごとに、どこかで聞いたようなこんな台詞《せりふ》を口にすることが多くなっていたが、当の「カミさん」にはなかなか会わせてもらえなかった。

その貴美子さんが会の最後に挨拶をされた。

――当人の強い希望で病気のことはみなさんにお知らせしなかった。また、お知りになった方が見舞いにいらしてくださるというのに対しても、お断りしつづけてしまった。そのことを深くお詫《わ》びさせていただきたい……。

そのようなことを、しっかりした口調で話された。

太田さんの病状について知っていたのは近親者の数人だけだったようだが、「茜会《あかねかい》」の浜田詩子さんだけはわかっていた。「茜会」は、太田さんに「宗匠」役を引き受けてもらい、TBSでアルバイトをしたことのある女性たちを中心に三カ月に一度のペースで開かれている句会だったが、ある日、世話人の浜田さんのもとに太田さんから次のような手紙が届いたのだ。

せっかく支度《したく》していただいた五月の句会ですが、小生「がん」が骨に転移、まったくもって出席できそうにもありません。現在は痛みを緩和する「在宅緩和ケア」を受けてそこそこ動いておりますが、いずれ動けなくなり入院ということになるでしょう。回復の余地はまったくありませんので、これにてあかね句会は脱退ということになります。こんなに早く「その日」がやってこようとは本人も思っておらず、「あかね三百吟」ぐらいは平気でやるつもりでおりました。いやはや、残念無念、口惜しや。俳句のよさはさらっとしたところ、などといえばクロート筋からは猛烈な非難叱正《しっせい》を浴びそうですが、小生が「あかね」の諸姉とつかず離れずの、すがすがしいお付き合いができたのは俳句のおかげであろうと思います。そして諸姉の寛大さに感謝感謝。ほんとうにありがとうございました。

驚いた浜田さんがお見舞いにうかがいたいと電話をすると、応対に出た夫人の貴美子さんからどなたともお会いしたくないと申していますのでと柔らかく断られてしまった。そこで、太田さんと私との関係をよく知っている浜田さんは、せめて沢木とだけでも会ってもらえないかと言ってくれたらしい。しかし、返事は同じだった。

浜田さんからその連絡を受けたとき、私はこう言って慰めたことを覚えている。

「無理に会う必要はないかもしれないよ。僕も病気になったら、たぶん、太田さんとまったく同じような対応をすると思うから」

ただ、太田さんへの深い敬愛の念を抱きつづけ、三年にわたって一緒に句会を育ててきた浜田さんには、私とは違う思いがあったのも無理はなかった。

貴美子さんが、挨拶の中で、見舞いを断ったことへの謝罪の意をあらわしたのは、浜田さんと私、とりわけ浜田さんに対してであったと思う。

その貴美子さんから、会の終わりに、私はあるものを手渡された。ずしりと重みのある書類封筒で、生前の太田さんに頼まれていたものだという。自分が死んだら、これを耕太郎に渡してほしい、と言い残していたというのだ。

3

会場のイタリア料理店を出た私は、冷たい夜風に吹かれながら青山通りをひとりで歩いた。途中、宮益坂《みやますざか》の側に折れて下り、渋谷の西口にあるターミナルから帰りのバスに乗った。

始発のおかげで、私の好きないちばん後ろの席に坐《すわ》ることができた。私は、そこで封筒の中のものを取り出した。

それはワードプロセッサーのプリンターで印字された、三十ページほどの原稿で、最初のページには、太田さんの独特な字体で「飲食三百六十五日」と記されていた。

原稿の中身は、俳句だった。春夏秋冬に分かれて、それぞれの季節に詠《よ》んだ俳句が並んでいる。その数、およそ三百ほど。しかも、そのすべてが、食べ物と飲み物、つまり料理と酒についての句だった。そして、最後に、「料理メモ」と題された小粋《こいき》な短文が置かれている。

太田さんが俳句を「嗜《たしな》んでいる」らしいことは知っていた。

七年前、「調査情報」の編集長だった今井さんが亡くなり、赤坂でやはり「偲ぶ会」

が催されたとき、終わってから太田さんと浜田さんたちとでホテルのバーに行った。そこで、私の父のことが話題に出た。

父の死後、私は遺《のこ》された俳句を集めて小さな句集を編んだ。葬儀は密葬にしたため、知り合いにはその句集を送ることで父の死を知らせることになった。

その席で、浜田さんが、自分たちも俳句を作ってみたいというようなことを言った。ついては、太田さんに「宗匠役」をしてくれないかと頼んだ。私は言下に断ると思っていたが、意外にも太田さんは考えてみようかなというような含みをもたせた答え方をした。

さらに驚いたことに、その三年後には、正式に太田さんを中心にして「茜会」という句会が発足するようになった。

太田さんと会ったときに、自分も俳句を作っているということは聞いていた。しかし、いくら「ただのアドバイス役」ということであっても、句会の中心に座ってもいいと思うほど俳句に強い思いを抱いているとは知らなかった。

浜田さんからは、私にも三カ月置きに開かれる句会への誘いがあったが、定期的に俳句を作るということが面倒だったこともあり、なかなか参加できなかった。

それでも、その誘いの電話や手紙によって、句会での太田さんがかなり熱心だということは伝わってきた。季題を出し、メンバーが作った俳句に点を入れ、句会で感想を述べる。そして、自身もその季題の句を作る。

しかし、夫人の貴美子さんから渡された「飲食三百六十五日」を実際に眼にするまで、これほど俳句に打ち込んでいるとは思っていなかった。そして、作られた句がこれほどすばらしいとは思っていなかった。

研ぎだせる鉄の匂《にお》いや冴《さ》えかえる
空豆や宙《そら》ゆく船の形して
凩《こがらし》のにおいするなり里の芋

だが、どうしてこの作品を私に委《ゆだ》ねようとしたのか。

それは、太田さんとの最後の酒宴になってしまった夜の思い出につながっていく。

三年ほど前のことになるが、太田さんと「茜会」の女性たちとで六本木で会うことがあった。俳優座で公演されていた芝居を見るためだった。

実は、太田さんは、編集者だけではなく、織田久というペンネームを持つ著述家でもあった。

まだ「調査情報」の編集者だった頃、連載の穴埋めという意味もあったのだろうか、「広告百年史」という連載を始めた。織田久はそのときにつけたペンネームである。織田久は「おだひさし」と読むが、「小田急」のもじりでもあるという、冗談っぽい名づけ方をしている。しかし、この「広告百年史」は、やがて上下二冊にまとめられる大著になる。明治以降の広告文を具体的に取り上げながら、日本の広告というものがどのように変化してきたかを描いたもので、いまや広告の歴史を研究する人にとっての重要な文献になっているという。

織田久はそれだけで消えてしまっていたが、「調査情報」を辞めてからの無聊《ぶりょう》をかこつためもあったのか、ぽつりぽつりとその名前で書物を発表するようになっていた。どれも江戸時代の「旅」について描いたもので、ひとつは『江戸の極楽とんぼ』、もうひとつは『嘉永《かえい》五年東北』というタイトルの本だった。

一冊目の『江戸の極楽とんぼ』は、江戸天保《てんぽう》期の芸人が書いた旅日誌をもとに当時の世相を語っていくという趣向の作品であり、二冊目の『嘉永五年東北』は、吉田松陰《よしだしょういん》が行った二十一歳のときの東北一周の旅について、やはりその旅日誌をもとに幕末の時代と人を語ったものだった。

俳優座で演じられた芝居は、そのうちの『江戸の極楽とんぼ』を脚色したものである。

太田さんが書いた『江戸の極楽とんぼ』の主人公は、江戸浄瑠璃《じょうるり》の一派「富本節《とみもと》」の富本繁太夫《しげたゆう》という無名の芸人である。この富本繁太夫、芸人としては生涯まったく芽が出なかったが、『筆満可勢《ふでまかせ》』という旅日記を残したことによって後世に知られることになった。

太田さんは、その『筆満可勢』をひもときながら、富本繁太夫と共に東北を旅するのだ。繁太夫は、いきあたりばったりに船に乗り、江戸から石巻《いしのまき》に向かってしまう。そして、ところどころで富本節の興行をしてはなにがしかの金を稼ぎ、また次の土地に移っていく。時には、大きな名跡の名前を騙《かた》ったり、それが露見したりと気の休まらないことも起きるが、基本的にはのんしゃらんと、酒を飲んだり、女を買ったりしながら、気楽に道中を続けていく。

この繁太夫の「極楽とんぼ」ぶりがなかなか魅力的なのだ。彼の旅はさらに盛岡から秋田、酒田から長岡へと続くが、『筆満可勢』の最後は京都にいる繁太夫の姿で終わる。そのとき、繁太夫は江戸から来ていた芸者のヒモになっている。

俳優座で見た芝居は、繁太夫という主人公の、徹底していい加減であることの魅力が充分に描かれていないような気がした。それもあったのだろうか、芝居を見た後の酒宴では、芝居の話より俳句の話が多く出た。

そのとき、太田さんはすでに前立腺《せん》ガンにかかっていたが、まだいたって元気だった。私は、太田さんの、自分の病気をも面白がってしまうような口調に、ごく軽いものなのだろうと思い込んでしまったくらいだった。

最初のうちは太田さんも酒の量を抑えていたが、そのうち「少しくらいいいかな」と言いながら、普通のペースで飲みはじめた。

それがどのような流れだったか、いまははっきりしない。たぶん、私が料理のことを口に出したからかもしれない。私は日本にいるかぎり、朝早く家から少し離れた仕事場に歩いて通うという日々を送っているが、そこでの昼食は自分で作ることが多い。月曜日にその一週間の昼食用の食材を買い、昼になるとキッチンに立つ。作るのはほとんど麺類《めんるい》だが、飽きないようにメニューについてはさまざまに工夫をしている。

そんなことをちょっぴり自慢げに話していると、太田さんも料理のことを話しはじめた。意外だったのは、それが読んだり聞いたりした「蘊蓄《うんちく》」ではなく、実体験からくる話だったことだ。しかも、私などよりはるかに年季が入っている。

太田さんは、「調査情報」を辞めて以来、まったく働きに出ていない。そのため、料理を作るようになったという。とりわけ、同居していたお母さんが亡《な》くなってからは、外で働くようになった「カミさん」の帰りを待ちながら料理を作るという雰囲気が強くなっているのだという。だが、そのことを、別に自嘲《じちょう》的ではなく、楽しげに語っていた。

「どういうわけか、鍋《なべ》が多くなってね。いろんな鍋を作るようになったよ」

その結果、必然的に鍋と酒の句が多くなったとも言って笑っていた。

私の父も、酒の句が多かった。遺稿集を作るとき、その酒の句を見つけるのが楽しみだった。そう言ったあとで、私はこんなことを付け加えた。

「盛大な葬式をしても、立派な墓を建てても、父に何かをしてやれたという気にはなれなかっただろうけど、遺稿集を出すというのは僕にとってある種の満足感がありましたね。人はすべからく俳句を残しておくべきかもしれませんね。残された家族のために」

すると、太田さんがひとりごとのように言ったのだ。

「俺も耕太郎に作ってもらおうかな……」

私に何かをしてもらおうなどということはまったく言ったことのない人だったので、内心ビクッとした。そこで、慌《あわ》てて、私はことさら陽気な口調で言った。

「いいですね。太田さんが死んだら、僕がかっこいい遺稿集を作りますね」

もちろん、そんなことはないだろう、たとえあったとしてもはるか先のことだろうと思っていたのだ。

4

暖房のきいたバスの中で、私は太田さんの「飲食三百六十五日」を読みつづけた。

私は俳句に関してはまったくの素人《しろうと》である。だから、句の巧拙の判断ができないだけでなく、句の読解そのものもよくできない。しかし、太田さんの句は、私の父の句と同じく、技巧をこらしていないためわかりやすい。題材も、魚や野菜を中心にした食材と、その調理法とが詠み込まれているだけだ。しかし、「食通」と称される人の「グルメ記事」などより、数倍おいしそうに思える。なにより、いますぐ、それを食べたいという気持になってくる。読んでいるだけで、まるで温かい鍋でもつついているかのように体がホカホカしてくる。

もちろん、そこに収められた作品は、おいしそうで、楽しそうな句ばかりではない。

TBSの会社としての姿勢が変わり、だから「調査情報」をめぐる状況が変わり、太田さんは五十七歳で「調査情報」を辞めることになった。辞めた理由のもうひとつに、認知症の進んだお母さんの世話を貴美子さんひとりに任せつづけることへの罪悪感があったらしいことを太田さんの口から聞かされたことがある。いずれにしても、以後、太田さんはどこの会社にも属すことはなかった。充分な蓄えがあったとは思えないから、経済的には楽ではなかったはずだ。お母さんが亡くなってからは、夫人の貴美子さんが働きに出るようになる。そして、太田さんは、家で本を読んだりしながら、料理に精を出すようになる。

太田さんはどんな困難な状況でも面白がってしまう強い心を持っていたが、ひとりで妻の帰りを待つ夜などに、ある種の寂寥感《せきりょうかん》に襲われることがなくもなかっただろう。それがわずかに滲《にじ》み出ている句が散見される。

夜が縦に深くなりゆく独り酒

あるいは、さまざまな思いが沈潜し、夜更《よふ》けに至っても眠れないということもあったにちがいない。

目のさえて寝酒《ねざけ》乾鮭《からざけ》二三片《にさんぺん》

しかし、そうしたいくつかの例外を除けば、ほとんどの句が「軽み」を旨《むね》とする、洒脱《しゃだつ》なものになっている。自分の姿を相対化して笑っている姿がある。

冷奴《ひややっこ》頼るはおぬしばかりなり
松茸《まったけ》に敵意なけれどしめじ飯《めし》

太田さんは旧満州に生まれ、父を失い、敗戦後、母と妹と共に必死に日本に帰ってきた。幼少期は親類を頼って高知で暮らしたが、高校生のころ東京にやって来た。そして、新宿高校から早稲田大学美術史科に入った。
卒業後、しばらく「日本読書新聞」の編集部にいたが、やがてＴＢＳの「調査情報」に転じた。しかし、その立場は一年ごとに年俸の取り決めをする契約社員だった。だからだろうか、太田さんは自分にはどこにも「根」や「故郷」はないと思っていたようなところがある。

蕗味噌《ふきみそ》や流沙《りゅうさ》のくらしさだまらず
たらの芽やふるさともたぬ二人ゆえ

しかし、「飲食三百六十五日」の句には、長く暮らすことになった東京の、あえて言えば江戸前の「気風」や「気配」のようなものが感じられる。

薄青く刃研《やいばと》ぎそむ四日かな
とり貝や江戸の年増《としま》の鉄漿《かね》の色
切絵図の細道ぬけて新茶かな
烏賊《いか》買うて西日のなかを帰りけり

大陸生まれの土佐育ち。イントネーションにも独特の「なまり」があったが、太田さんの句には東京生まれの東京育ちだった私の父の句などとも共通する「粋」であることを価値と見なす心性が存在する。

粋とは何か。それはさまざまに定義されるだろうが、ひとつには悲しみや苦しみを悲しみや苦しみとして表さないという「思い切り」にあると考えられる。あるいは、こう言い換えてもよい。悲や苦を、悲や苦として表そうとしているもうひとりの自分を笑い飛ばそうと身構えている自分をよしとする心構えにある、と。

閑居《かんきょ》して煮豚ばかりが巧《うま》くなり
素麵《そうめん》や清貧ここに集《つど》いける

だが、「江戸」といえば、実は太田さんの『江戸の極楽とんぼ』と『嘉永五年東北』の「江戸物」二冊の本について、私は微妙な読後感を抱いていた。その読後感とは、内容は確かに面白いが、これらの作品が太田さんにとってどういう意味を持つかよくわからない、というものだった。

ところが、青山での「偲ぶ会」で、「調査情報」の常連ライターであるばかりでなく、一緒に軟式野球のチームを作ったりする仲でもあった松尾羊一氏がこう言うのを聞いて、ハッとすることがあった。

「太田さんは、江戸という時代に強い思いを持っていた。編集者から書き手になるのがあまりにも遅くなってしまったが、もう少し早く編集者稼業《かぎょう》から足を洗っていたら、いま時代作家でございとふんぞりかえっている連中より、数倍すばらしい時代小説を書いていたことだろう」

なるほど、「飲食三百六十五日」は、まるで江戸の裏店《うらだな》でひっそりと生きる市井《しせい》の

「町人」が詠んだものでもあるかのような、「粋」と「軽み」に満ちている。

太田さんは、その後半生を隅田川と荒川にはさまれたあたりにある借家で送った。もしかしたら、太田さんは、そこで暮らしながら、幻の江戸に生きていたのかもしれない……。

バスから降り、家に向かって歩きながら、私はそんなことも思っていた。

5

青山での「偲ぶ会」から何日かして、貴美子さんからワードプロセッサーに残されていたという太田さんの他の俳句と、最後の何カ月かに夫婦間で交わされた病状の連絡ノートが送られてきた。このようなものを見せたら怒られるかもしれないけれど、沢木さんにならいいと思うのでという一文を添えて。

それを読むと、あらためて、太田さんのダンディズムのようなものが伝わってくる。

たとえば、ホスピスに入った直後には、こんな走り書きがされているのだ。

病にからまぬ句づくりを目ざすこと。

辞世めきしものも同断。

以上、原則二。

ここには、私に託した俳句が「飲食」だけに限定したものだったというのと同じ「粋がり」が存在する。

しかし、そのノートの中に、ただひとつ、自らに禁じていた「辞世めきしもの」に近い句が残されている。

貴美子さんにうかがうと、入院していた病院からホスピスに転院する前、いわば「面接試験」を受けるためにその病院に行ったことがあるのだという。

それはちょうど桜の季節で、通り道だった江戸東京博物館の裏の道には、桜の花びらが盛大に舞い散っていたという。そして、その桜を詠んだ句がこれだ。

花吹雪ごめんなすって急ぎ旅

これが最後の桜になるにちがいないという思いはあっただろう。しかし、太田さんはその思いをことさら悲劇的に描こうとはしていない。ホスピスに向かう自分を、まるで大衆演劇の劇場で三度笠《さんどがさ》を片手に花道から退場する旅人のように、芝居がかった存在とすることで戯画化している。

——今生《こんじょう》という舞台からはいささか早く退場させていただきますが、今日のこの見事な桜吹雪に免じて許してやっておくんなせえ……。

しかし、だからこそ、私の胸には強く迫ってくるのだ。

太田さんのノートのページを繰っているうちに、ふと、何かで読んだ文章の一節が甦《よみがえ》ってきた。とんぼは死んでも飛んでいるときと同じく羽根を広げたままの姿でいる、と。

病床に伏しているときの姿をまったく知らない私たちにとって、太田さんは依然として大空をゆったりと舞っている「極楽とんぼ」のような存在としてありつづけている。

もちろん、極楽とんぼには極楽とんぼなりの哀《かな》しみや無念さはあったことだろう。実際、「飲食三百六十五日」にもこんな作品があるくらいだ。

煮凝《にこご》りや崩れしゆめのあと始末

太田さんの「崩れしゆめ」とは何だったのだろう……。

もしかしたら、太田さんを「極楽とんぼ」と呼ぶには少し無理があるのかもしれない。あまりにも繊細すぎるところがあったからだ。しかし、私には、もうひとりの「極楽とんぼ」富本繁太夫を相棒に、いつまでも幻の江戸の空を自由に舞ってくれていれば、というささやかな夢があるのだ。

（10・6）

# 美しい人生

弔辞、ということでしたが、僕にはそのような立派なものを述べることはできません。

それには、僕と内藤利朗との関係が不思議なものだったから、ということもあります。

彼が、幼い頃、僕の住んでいた町に引っ越してきて以来、五十年以上も付き合ってきましたが、その関係は、友人同士というのとは少し違っていたような気がします。

もとより血縁関係はないのですが、彼より三つ齢上だったということもあり、僕は常に兄貴風を吹かしてきました。小さい頃は、勉強を教えるだけでなく、覚えなくてもいいカードゲームを教え込んで熱中させたり、あちこちよからぬところに連れ回したりしていました。

やがて僕が大学を卒業してフリーランスのライターになると、彼も日大芸術学部の写真学科に進んでカメラマンを目指すようになりました。父親の英治さんが写真家の秋山庄太郎さんと知り合いだった関係から、大学卒業後はその助手となり、やがて独立してやはりフリーランスのカメラマンになりました。

そうすると、僕はさらに兄貴風を吹かせ、あれこれと仕事上の頼み事をするようになりました。利朗が比較的早く運転を覚え、車を持ったところから、体のいい運転手としてこきつかったりもしました。

やがて、カシアス内藤君という僕の友人のボクサーがカムバックし、僕がそれに手を貸すことになります。

そのとき、僕はいつものように利朗に手伝ってくれるよう頼みました。

最初のうちは一種の運転手のようなものにしか過ぎなかった彼が、いつの間にか、僕とカシアス内藤とエディ・タウンゼントさんというトレーナーにとって必要な仲間になっていきました。彼はいつも黙ってそばにいてくれるだけでしたが、そのお陰でどれほど僕たちの緊張した関係が和らいだことでしょう。とにかく彼は、いつものようにまったく文句も言わず、一年という時間を費やしてくれました。

その一年の記録は『ラストファイト』という写真集として結実します。たぶんそれは、日本で出版されたボクシングの写真集の中で、最も美しい一冊と言えると思います。

僕には、兄貴分として、利朗を不満に思うところがなくもありませんでした。たとえば、『ラストファイト』で、マスコミにもいくらか名前が売れ、いろいろな編集者との関係ができたにもかかわらず、自分から積極的に売り込みに行くというようなことをいっさいしません。どうしてもっとチャンスを生かさないのだろうと歯痒《はがゆ》かったのです。

時には、実際に大きな仕事の企画を立て、知り合いの編集者に利朗を使ってくれるよう頼むというようなお節介をしたりもしました。

ところが、当の利朗は、いつもとかわらない淡々としたペースで、与えられた仕事をさりげなくこなすだけなのです。

しかし、僕も少しずつ齢を取るにつれて、それが、それこそが内藤利朗なのだと理解できるようになりました。

作家の田辺聖子さんに「ふもとの楽しみ」という言葉があります。誰もがテッペンを目指して息せき切って登ろうとしているとき、山のふもとで、美しい草花を愛《め》で、馬や羊と戯《たわむ》れ、楽しむことを知っている人がいる。自分はそういう「ふもとで楽しむことのできる人」が好きだと言うのです。

利朗はまさに「ふもとの楽しみ」を知っている人でした。

あの『ラストファイト』も、すばらしい写真を撮ろうとした結果ではなく、あくまでカシアス内藤のカムバックに手を貸してくれという僕の頼み事をきいてくれた結果でした。彼にとっては、それもまた、山のテッペンに登るためではなく、たぶん「ふもとの楽しみ」を味わうためのものだったのです。自分の部屋で好きなジャズやクラシックの音楽を聴いたり、庭に植えた薔薇《ばら》の手入れをするのと同じように。

ここに参列してくださっている方で、内藤利朗に否定的な感情を持っている方は、おそらく一人もいないのではないかと思います。

――内藤さんはいい人だった。

すべての人がそう思ってくださっていると思います。男と女の関係の仲で、あの人はいい人だったと言われるのはあまり名誉なことではないと言われたりします。しかし、このような世の中で、利朗のようにあらゆる人に「いい人だ」と言われつづけることができたというのは、ほとんど奇跡に近いことのように思えます。

先頃亡くなった私の知人の女性がこんなことを言っていたことがあります。男には「格」がある。名声でも富でもない。人間としての「格」が高いか低いかだけだというのです。

利朗は人間としての「格」が高い男だったと思います。

内藤利朗は死にました。

奥さんの美栄子さんが、最後に近く、「息をして」と呼びかける声には胸をつかれました。

僕もまさか彼が自分より先に逝《ゆ》くとは思ってもいませんでした。僕は、心のどこかで、永遠に彼に頼み事ができるものと思っていたような気がします。一度くらい、利朗から無理な頼み事をされてみたかった。

しかし、これから、僕はことあるごとに、彼がいたら、いてくれたらと思いつづけるでしょう。そして、それは、ここに参列してくださった皆さんにも必ず訪れる感慨だと思います。

――内藤さんがいてくれたら。

たぶん、内藤利朗が生涯をかけて生み出してきたもの、それはそうした皆さんの思いだったという気がします。
内藤利朗の一生は、とても美しいものだったと思います。

二〇一三年九月十日

沢木耕太郎

(13・9)

# 深い海の底に

## 1

その日、仕事場に着いて、いくつかの雑用を片付けていると、未知の新聞記者から電話が掛かってきた。

「いま、高倉健さんが亡くなったという報が入ってきました。ついては、コメントをいただけないでしょうか」

私は驚きを努めて押し隠しながら、電話でコメントをするということをしていないので申し訳ありませんが、と断らせてもらった。

電話を切ってから、痛みに似た衝撃があらためて体の奥に届いてきた。そして、思った。遅かった、間に合わなかった、と。

もう三十年以上も前のことになる。

私は、あるボクシングの試合を見るためにアメリカのラスヴェガスに行こうかどうしようか迷っていた。

それは世界ヘヴィー級のタイトルマッチで、チャンピオンのラリー・ホームズにモハメッド・アリが四度目の戴冠《たいかん》を懸けて挑戦するという試合だった。

迷っていたのは二つの思いがせめぎ合っていたからである。ひとつは、これまで数々の死闘を繰り広げてきたアリにとっても、さすがにこの試合が最後の世界戦になるだろう。それは見ておきたい、という思い。もうひとつは、しかし、二年ものブランクがある三十八歳のアリは、無敗の王者であるラリー・ホームズには勝ち目がないだろう。いや、勝ち目がないどころか、試合にもならないかもしれない。そんな無残なアリの姿を見るためラスヴェガスまで行かなくてもいいのではないか、という思い。

だが、試合の一週間前になって、やはり行くべきではないかと思うようになった。たとえこれがどんなに無残な結果になろうと、クアラルンプール、マニラ、ニューオリンズと、アリの世界戦を追いかけて見てきたというのに、この試合を見逃す手はないのではないか。やはり彼の最後は見届けるべきだ、と心が決まった。

そこで、私はロサンゼルス在住のボクシング・カメラマンである林一道さんに、チケットを手に入れてもらえないだろうかという連絡を入れた。ところが、折り返し電話を掛けてくれた林さんによれば、チケットはすでに完売になっているという。会場のシーザース・パレスの広報によれば、「三万枚用意されたチケットのうち、二万九千九百九十七枚を売りつくし、あとは予備のために取ってある三枚を残すだけであり、それは売れない」といった状況になっているという。

もしかしたら客が入らないのではないかと思っていた私には意外だったが、アリならまた奇跡を起こしてくれると信じている人がそれだけ多いということでもあったのだろう。

しかし、せっかく行こうと決心したのに見ることができないとなると残念に思えてくる。落胆しているのがわかったのか、電話口の向こうの林さんが「もしかしたら、なんとかなるかもしれないので、少し待ってくれますか」と言った。そして、実際、その翌日、「席が確保できました」という電話が掛かってきた。話を聞くと、林さんが親しい知人のために用意していた席がひとつあったが、その知人に私のことを話すと、自分が見るよりはと言ってその人が快く譲ってくれたのだという。私は林さんとその知人の好意を素直に受けることにして、すぐにラスヴェガス行きの航空券を買った。

その林さんの知人というのが、まだ会うこともなかった高倉健さんだった。

試合は、アリがホームズにめった打ちにされ、十一ラウンド目のゴングが鳴ってもコーナーの椅子《いす》から立ち上がれなかったことで決着がついた。ついにアリは、生涯で初めて、TKOという名のノックアウトによる敗北を喫することになったのだ。私は、そのアリの敗北をどのように受け止めていいかわからないまま、深夜遅くまでカジノをうろうろしていた。

午前一時、ようやく部屋に戻ろうという気になり、ホテルの廊下を歩いていると、左右の部屋からカタカタッという音が聞こえてきた。立ち止まり、耳を澄ますと、タイプライターの音だということがわかった。この階の私の部屋の周辺には、ジャーナリストが多く泊まっていた。彼らの中にはプレスセンターで仕事を終えたあとも、部屋に戻って記事を書きつづけている人がいたのだ。それも一人や二人ではないらしい。あちこちからタイプライターの音が聞こえてくる。私はゾクッとするものを覚え、また歩き出して部屋に戻った。そして、ベッドの横のデスクの前に座ると、私も試合の観戦記を書き出した。

もちろん、私はなにひとつ仕事を持たずにやってきていた。だから、それは雑誌社や新聞社にあてたものではなかった。本来はこの試合を生で見られたはずの人が、チケットを私に譲ってくれることで見られなくなってしまった。私はその人、高倉健さんのためだけに観戦記を書くことにしたのだ。

それは想像以上に長いものになってしまい、書き終わると夜明け近くになっていた。私はその観戦記を高倉さんの事務所に送ると、ようやくモハメッド・アリの敗北の意味が理解できたように思え、安心してベッドの中に潜り込むことができたのだった。

いつか高倉さんに会って、直接、礼を言いたいと思っていたが、なかなかそのチャンスが巡ってこなかった。しかし、だからといって、無理に会おうというつもりもなかった。私には、心のどこかに、会いたい人には必ずどこかで会えるものだ、という「信仰」のようなものがあったからだ。

そして、実際、三年後にその機会がやってきた。

東京のFM局で、ある番組を担当することになった。それは、私が会いたい人に、その人が行きたいという場所で会い、話をするという番組だった。私は、その一回目のゲストとして、高倉さんに出てもらえないかと思った。しかし、私がその名前を出すと、番組のディレクターは「とても無理だろう」という反応をした。それも当然だった。高倉さんがラジオの対談番組などに出るはずがない。しかし、お願いするだけしてくれないかと頼むと、ディレクターは恐る恐る高倉さんの事務所に連絡してくれた。

すると、しばらくしてディレクターから驚いたような声で電話が掛かってきた。高倉さんからオーケーが出た。出ただけでなく、もし話をするのなら、北海道の牧場に泊まりがけで行かないかと言ってくれたという。

そこで私たちは日高町にある「日高ケンタッキーファーム」という牧場で、引退した往年の名馬などを見ながら、そして、そこに付属した宿泊施設に泊まりながら話をすることになったのだ。

北海道に向かったのは七人の男たちだった。放送局の側からはディレクターや音声を担当する人だけでなく、その対談風景を番組宣伝用の写真に収めておこうというカメラマンなどが参加しており、高倉さんの側には、関係が強くなっていた東宝の若い社員が付き添いで来ていたりしたからだ。

夕方はその牧場の簡素なレストランで食事をした。

高倉さんが酒を飲まないということは知っていたが、自分にもグラスを用意してくれという。そして、グラスにワインがつがれると、乾杯の音頭《おんど》を取ってくれただけでなく、グラスにほんの少しだけ口をつけてくれた。あとで訊《き》くと、自分がそうしないと、他の人が飲みにくいだろうからというのだった。

夜はみんなで暖炉を囲んで、高倉さんがポットに入れて持ってきてくれたコーヒーを飲みながら話をした。

そのとき、このような番組にどうして出演してくれたのかということについて、こんな風に語ってくれた。

「事務所にも言っていたんですね。沢木さんだったら、どんなことでもするから、いつでもあけるから。そういう方があるんですね。僕は全然お目にかかってないのに、手紙を読んだときに、この人にお目にかかりたいとか、この人が書いたものを読みたいとか思うようになる方が……」

話は長時間におよび、内容は多岐にわたった。

高倉さんは、決して流れるようにはしゃべらない。しかし、言いたいことを正確に伝えるために、少しずつ考えながら話す。それが「口下手」と受け取られることもあるが、話してくれる内容はどれも焦点の定まった興味深いものばかりだった。

たとえば、それはこんなふうなものだった。

「俳優ってつくづく孤独な、まあどんな職業でもそうかもしれませんけど、どんなに自分が好意を持っていても、どんなになんとかしてあげたいと思っても、実際に映される場合、演じる場合というのは、やっぱりその人ひとりなんですからね。このあいだもある高名な俳優さんが、台詞《せりふ》が引っかかってなかなか言えなくて、それを横っちょで、出てくるのを待っていたんですけど、そういうときってつらいですね。なにか自分の未来を見てるみたいでね。だけど、それは自分がどんなにその人のことを案じても、スタッフがどんなに案じても、それは代わりにやってやるとか、代わりにしゃべってやるということはできないんです」

私たち——話していたのは主として高倉さんと私だったが、そこにいた全員も一緒に話しているような気分だったと、あとでみんなから聞かされた——は、夜遅くまで暖炉の火を眺めながら話しつづけた。

北海道で贅沢《ぜいたく》な二日間を過ごすことができ、高倉さんとの対話も充分に録音することができた。放送局では、これを一回分の一時間で放送するのはもったいない、二回に分けて、つまり二週にわたって放送しようということになった。しかし、そのとき、ディレクターは大変なことを忘れていたのに気がついた。高倉さんの出演料を決めていなかったのだ。

私は、以前、TBSの親しい知人からこんなことを聞いたことがあった。彼は長年ラジオドラマを作ってきた人だったが、しばらく別の部署に異動させられていて、久しぶりに古巣に復帰すると、当時としても珍しいほどの大掛かりなラジオドラマを企画した。吉村昭《よしむらあきら》原作の『羆嵐《くまあらし》』を、高倉さんの主演で二時間のドラマにしようとしたのだ。彼のプランを高倉さんも面白く思ってくれたらしく、倉本聰《そう》さんの脚色、倍賞千恵子さんや笠智衆《りゅうちしゅう》さんの共演で実現の運びとなった。その番組は、日本のラジオ局が作り得た最後の本格的なラジオドラマだったのではないかと思えるほどのものになったが、その制作費もラジオの枠を超える巨額のものになった。高倉さんの出演料だけでも三百万円以上になったからだ。

私が、我が番組のディレクターにその話をすると、まさに彼は「蒼《あお》く」なった。ラジオドラマと対談番組では質が違うとは言え、あの高倉さんを二日間も拘束し、二回分二時間の番組にしようとしているのだ。

ディレクターは再び恐る恐る高倉さんの事務所に電話を掛けて訊《たず》ねた。今回の出演料をいくらお払いすればいいでしょうか。すると、事務所の女性がこう言った。

「ラジオの予算ではとてもお払いになることはできない額だと思います」

ディレクターはさらに「蒼く」なったが、事務所の女性の話には続きがあった。

「だから、一銭もいただかなくてよいと申しております」

私たちは高倉さんをタダで二日間も働かせることになったのだ。

その番組は、最初に高倉さんが出てくれたことによって、さまざまな人が快く出演してくれることになった。吉永小百合《よしながさゆり》さん、中島みゆきさん、井上陽水さん、阿佐田《あさだ》哲也《てつや》さん……そして最終回には、まずそのような番組には出るはずがないと言われていた美空ひばりさんまでが出演してくれた。「健ちゃんが出た番組ならいいわ」というのだった。ただし、ひとつ、いかにも美空さんらしい条件がついていた。

「健ちゃんが二週やったんだったら、私も二週にして」

もちろん、放送局側にも私にも異論があるはずはなかった。

その美空さんの番組が放送され、私にはまた原稿を書くことに集中するという日々が戻ってきた。

そんなある日、私の住んでいる集合住宅に来客があった。インターフォンが鳴り、「どなたですか」と応答すると、低く太い男性の声が聞こえてきた。

「高倉です」

まさか、あの高倉健さんが家に訪ねてくるはずはない。しかし、あの高倉さん以外、私には高倉という知り合いはいない。

慌てて玄関に飛び出て、ドアを開けると、そこに訪ねてくるはずのない高倉さんが立っていた。

「突然ですみません」

そう言ってから、手にした大きな紙包みを差し出した。

「これ、知り合いに作ってもらったんですけど、よかったら使ってくれないかなと思って」

何かはわからなかったが、そのためにわざわざ訪ねてくれたらしい。私はそれが何かわからないまま受け取って、言った。

「ありがとうございます……」

そこで、ふと気がついて、どうぞお上がりくださいと言おうとすると、そこに、ようやく立てるようになったばかりの娘がよちよちと歩いて出てきた。

高倉さんは一瞬驚いたようだった。私に子供がいるとは思っていなかったのかもしれない。しかし、小さな娘が私の足につかまり、この人は誰というように高倉さんを見上げると、やさしい笑みを浮かべて小さな声で言った。

「高倉です」

私が慌てて「どうぞ、お上がりください」と声に出して言うと、高倉さんは「外に車を停めてあるんで」と言い、

「それじゃあ」

と言い残して出ていった。

まさに風のように現れ、風のように去っていってしまったのだ。

茫然《ぼうぜん》としたまま、居間のテーブルに高倉さんが手渡してくれた包みを置いた。茶色いクラフト紙のようなもので無造作に包み、紙紐《かみひも》で簡単に結んである。広げてみると、そこには、ハンティングワールドのバッグに似た、ダークグリーンのショルダー式の旅行鞄《かばん》があった。革は柔らかく、全体に手作りであることがよくわかる風合いがある。見ただけでも、いかにも使いやすそうなバッグだった。もしかしたら、北海道に行ったとき、私のバッグが古ぼけて穴が空きそうなのを眼に留めてくれていたのかもしれなかった。

私は、ありがたく使わせてもらうことにした。

2

それ以後、ときどき、ほんのときどきだったが、高倉さんと会ってコーヒーを飲みながら話すようになった。

場所は、青山の珈琲《コーヒー》店だったり、高輪《たかなわ》のホテルのミーティングルームだったりした。

そのホテルのミーティングルームでは、高倉さんに「ここの温かいアップルパイがおいしいから」と勧められ、よく一緒に食べながら話をした。コーヒーをサーブしに来てくれた若いウェートレスが、図体の大きな男が二人でアップルパイを食べながら話をしているのを見て、びっくりしたような表情を浮かべたりしていたものだった。

ある日、そのミーティングルームで話しているとき高倉さんに訊ねられた。

「いま、どんなことをしてるんですか」

その頃、私は自分の語学力を省みず、無謀にもロバート・キャパの伝記の翻訳をしていた。

「翻訳をしています」

私が答えると、高倉さんは不思議そうな表情を浮かべながら訊ねてきた。

「どんなものを訳しているんですか」

「ロバート・キャパの伝記です」

すると、高倉さんはこう訊ねてきた。

「キャパっていうのは、どういう人なんですか？」

それに対する答え方はいくつもあったろう。スペイン戦争で「崩れ落ちる兵士」という写真を撮って名声を得た。第二次世界大戦のノルマンディー上陸作戦で、「血のオマハ」と呼ばれる激戦地に従軍し、震えるような戦闘写真を撮り切った。あるいは、第一次インドシナ戦争を取材中、ベトナムで地雷を踏んで死亡した。

しかし、そのときの私は、こんな紹介の仕方をした。

スペイン戦争が終わり、しばらくアメリカに行っていたが、やがて第二次世界大戦が勃発《ぼっぱつ》すると、ヨーロッパに渡って連合国軍に従軍して写真を撮るようになる。そのとき、ロンドンでピンキーというニックネームの美しい女性と恋に落ちる。アフリカ戦線から戻り、ピンキーとの再会を果たすと、キャパはホテルに高価なシャンパンを用意して楽しい夜を過ごそうとする。ところが、戦線の状況が急変するや、美しい恋人と飛び切りのシャンパンを残したまま戦場に向かってしまう……。

私がそこまで話すと、その説明を黙って聞いていた高倉さんがつぶやくように言った。

「どうしてなんでしょうね」

私は意味がうまく取れなくて訊き返した。

「えっ？」

「どうして行っちゃうんでしょうね」

「……………」

「気持のいいベッドがあって、いい女がいて、うまいシャンパンがあって……どうして男は行ってしまうんでしょうね」

私がどうとも反応できなくて黙っていると、高倉さんが独り言のようにつぶやいた。

「でも、行っちゃうんですよね」

そこには複雑な響きが籠《こ》もっているように思えた。そして、私は思ったものだった。高倉さんも、どういうかたちかは正確にわからないが、かつて「行ってしまった」ことがあったのだな、と。

その翻訳は、時間はかかったものの、上下二巻の本としてなんとか刊行することができた。

すると、それを読んだ広告代理店のある人が、私にテレビ番組の出演依頼をしてきた。キャパの足跡を追ってヨーロッパを旅しないかというのだ。

当時の私には、テレビの出演に対して強いアレルギーがあった。声はまだしも、顔を晒《さら》すことはノンフィクションのライターとして作品を書きにくくさせてしまうのではないかという強い懸念《けねん》を抱いていたのだ。そのため、テレビ出演をすべて断っていた。

しかし、二、三週間かけてキャパに関わりのある地を巡るというその話は魅力的だった。迷っているうちに、話はどんどん大きくなり、高倉さんと組んで旅をしてほしいということになった。私は、そこに高倉さんの名前が出てきた時点で、その番組は成立しないだろうと思った。高倉さんがそんな仕事をするはずがない。私はどこかでホッとしていた。これで悩まなくても済む、と。

ところが、高倉さんにその話を打診すると、思いもよらない答えが返ってきたという。

「沢木さんとヨーロッパを旅するというのもいいかもしれないな」

高倉さんが出演してくれるということで、その番組のプロジェクトは格段と大きなものになっていった。

それに比例して、私はさらに憂鬱《ゆううつ》になってきた。これまでテレビには出ないと言いつづけていたのに、いくらキャパだからといって、いくら高倉さんと一緒だからといって自分の原則を曲げるのは恥ずかしいのではないか。

悩みに悩んだあげく、しばらくして、高倉さんに、申し訳ないがこの話はなかったことにしていただけないだろうか、と告げることにした。せっかく私のために一カ月もスケジュールを空けてくれようとしていたのに、その身勝手さに呆《あき》れ果てられるだろうと思っていたが、逆に高倉さんはこう言って慰めてくれた。

「いいじゃないですか。いつか、仕事抜きで一緒にヨーロッパに行けばいいんだから」

私は、ますます高倉さんに借りばかり作っている、という意識が強くなった。だから、東宝の高倉さん担当の社員から、高倉さんの映画のシノプシスを書いてもらえないかと頼まれたとき、よしやってみようと勇んだのだ。これで少しでも借りを返すことができるかもしれない、と。

かつて、高倉さんが羨《うらや》ましそうに、そして少し悲しそうにこう言うのを聞いたことがあった。

「ハリウッドのスターは、一本撮り終わると、家の机に積んである何十冊もの脚本を読んで、その中から次の作品を選ぶことができるらしいんだ。こっちは、一冊もないどころか、仕事が決まってもまだホンが書き上がるのを待っていなければならないくらいなんだからなあ」

高倉さんに、机に積まれた脚本の一冊になるようなシノプシスをなんとしてでも書いてあげたい。

だが、その熱意とは裏腹に、作業はなかなかうまく進展しなかった。あるストーリーを考えて高倉さんに話すと、ちょっと違うなという表情を浮かべられてしまう。あるいは、高倉さんにこんな設定で考えてみてくれないかと頼まれ、ストーリーを考えていくと、そこに制服をからませられないかと言われてしまう。

高倉さんの好きな映画に、ジョン・フォードが監督した『長い灰色の線』とリチャード・ギアが主演した『愛と青春の旅だち』がある。どちらも、制服が重要な要素として登場してくる。高倉さんには制服というものへの強いこだわりがあるようなのだ。しかし、私にはそれが理解できない……。

そんなやり取りを何度か続けたあとのある日のことだった。青山通りに面した珈琲店でやはり映画の話をしていた。

「高倉健でどんな映画が見たい？」

高倉さんにいきなりそう訊かれた私は、少しヤケになって答えた。

「この青山通りを、渋谷方面から赤坂方面に向かって、高倉さんがゼーゼー言いながら走りつづけるような映画です」

「走ってどうする」

「走るだけです」

「高倉健は追われているのか、追っているのか」

「追われていても、追っていてもどちらでもかまいません」

「終わりはどうなる」

「終わりなんてどうでもいいんです。この道を高倉健がゼーゼー言って走ってくれさえすれば、ストーリーだって、終わりだって、どうにでも考え出してみせます」

さすがにその私の乱暴な台詞には高倉さんも苦笑していたが、私は本気だった。

それからしばらくしてクリント・イーストウッドの『ザ・シークレット・サービス』が世に現れたとき、高倉さんにやってほしかったのはこれだったのだと悔しい思いをした。

だが、私が提示するストーリーに高倉さんの顔がパッと輝くということはなかった。どうやら、高倉さんが撮りたい映画と、私が見たい映画には微妙な差異があるようだった。

そうしたこともあって、高倉さんと会うことが間遠になり、少し疎遠《そえん》になっていた。

それを知って、あるとき檀《だん》ふみさんが、東映の大泉撮影所で撮影中の高倉さんの「陣中見舞い」に誘ってくれた。檀さんにとって高倉さんは、『昭和残俠伝《ざんきょうでん》 破れ傘』

に出演することで芸能界にデビューすることになって以来の「永遠のアイドル」だった。

そのとき高倉さんが撮影していたのは、降旗康男《ふるはたやすお》さんが監督する『鉄道員（ぽっぽや）』だった。それも、ちょうど幻の娘役の広末涼子さんが、高倉さんが駅長を務めている駅舎に訪ねてくるという、ある意味でこの映画にとって最も大事なシーンを撮っているところだった。

噂《うわさ》どおり、シーンとシーン、カットとカットの間の休憩時間にも、高倉さんはずっと立ちつづけて待っている。私にそんなことを言ったわけではなかったが、スタッフが必死に働いているときに、自分だけ安穏と休んでいるわけにはいかないというようなことなのだろうと理解した。

そんな配慮より、さっさと休養を取って、次のシーンを生き生きとしたものにしたほうがいいではないか、という言い方にも一理ある。もしかしたら、一理どころか理のすべてがある正しいことなのかもしれない。だが、高倉さんには、それが正しいことかどうかより、自分が感覚的に納得できるかどうかのほうが大事だという考え方があるようなのだ。

夕方になり、仕事のある檀さんは途中で帰ったが、私はずっと見学させてもらうことにした。

その日は、夜遅くまで撮影が続くということで、午後六時過ぎに夕食のための休憩が入った。

普通は弁当ということになるらしいのだが、高倉さんの映画ではケータリングの食事が運び込まれ、スタジオの前が即席の屋台村のようになるという。実際、おにぎりや湯気の立った味噌汁《みそしる》や温かそうなおかずが長いテーブルの上に並び、出演者やスタッフがビュッフェスタイルで好きなように食べはじめた。

しかし、高倉さんはほとんど箸《はし》をつけず、みんなと少し離れたところにひとりで立っている。スタッフから私も食べることを勧められたが、高倉さんの傍に寄り、二人で雑談することのほうを選んだ。

そこに、広末涼子さんが近づいてきた。高倉さんが私を紹介してくれ、三人で話すことになった。

当時、広末さんは、早稲田大学に入学したものの、通学のたびに大騒ぎになってしまうため、ほとんど休学状態になっていると聞いていた。

「やはり、いまも大学には行けないんですか？」

私が訊ねると、広末さんは少し表情を曇らせて言った。

「ええ、私が行くと、いろいろなところに迷惑をかけてしまいそうで」

するとと、高倉さんが言った。

「それなら、沢木さんと二人でボディーガードをしてあげようか」

それを聞いて、広末さんが笑いながら言った。

「そんなことしたら、もっと大騒ぎになってしまいます」

もちろん、高倉さんも本気ではなかったろうが、まったくの冗談というのでもなさそうだった。そして、こう言った。

「もし、日本の大学に行けないんだったら、一、二年、アメリカに行って学校に通ったらいいんじゃないかな」

その意見に私も同意した。

「それはいいかもしれない。日本にこだわる必要はないんじゃないかな」

すると、広末さんは、私たち三人のやりとりを少し離れたところで心配そうに見つめていた男性に向かって声を掛けた。

「もし私がアメリカに行っちゃったりしたら、＊＊さんは悲しむでしょ？」

その男性はどう答えていいかわからず、曖昧《あいまい》な笑いを浮かべている。どうやら、その男性は、広末さんの所属事務所の責任者のようだった。

しばらくして、広末さんが食事のテーブルの方に去っていくと、高倉さんが残念そうに言った。

「行けるときにアメリカに行って、きちんと英語を勉強してくるといいんだけどなあ」

そして、こう付け加えた。

「政信《まさのぶ》にも言っているんだ。いまのうちにしばらくアメリカで英語の勉強をしてきたほうがいい。それくらいの費用だったら出してやるからって」

政信とは、やはり『鉄道員』に出演している若い男優の安藤政信さんのことのようだった。

そうした高倉さんの言葉には、ハリウッドというより、「洋画」というものに対する独特の強い思いがあったような気がする。

高倉さんは北九州の炭鉱町で育っているが、自分が映画俳優になるとは思ってもいなかった少年時代から、そこにある三つの映画館のうちのひとつで「洋画」をよく見ていたらしい。

たとえば、ヴィヴィアン・リーとロバート・テイラーが主演した『哀愁』は十数回見たという。対訳本で台詞をすべて記憶し、友人と映画館に行くと、ほら次は、男が「あなたは幸せか」なんて言うんだぞ、そして返事を聞くと、「完全にか」なんて訊き返すんだぞ、などと言い合いながら見ていたという。

高倉さんがハリウッドの本格的な「洋画」に出演した一本にリドリー・スコットが監督した『ブラック・レイン』がある。

そのときのことはさまざまなかたちで何度か聞いたことがある。

最後に近いシーンで、監督のリドリー・スコットが自らカメラをかついで撮影しはじめたときの迫力には凄《すさ》まじいものがあったということ。

日本での撮影部分が終わると、高倉さんが懇意にしている隠れ家のように小さな神戸のレストランに主演のマイケル・ダグラスを招待したこと。

それを喜んだマイケル・ダグラスが、アメリカで招待してくれたのは、ワイナリーの地下カーブをレストランに改造した豪華なところだった。食事が終わって、別の間でくつろいでいると、いつの間にかバイオリン弾きがやってきて美しい旋律を奏《かな》でてくれたということ。

マイケル・ダグラスが、アメリカの撮影部分で最後に残った泥まみれの格闘シーンを撮り終えると、そのままの姿で近くに待たせてあったヘリコプターに乗って颯爽《さっそう》とロサンゼルスに戻っていったということ……。

そして。

映画の完成後、ロサンゼルスでプレミア上映されることになった。ホテルから会場までは大きなリムジンが迎えに来て、共演者の松田優作さんと共に乗り込んだ。会場が近づいてくると、松田さんがカメラを差し出して少し恥ずかしそうに高倉さんに言った。

「これで撮っていただけませんか」

高倉さんが、そのとき、死を間近にしていた松田さんの本当の病状を知っていたかどうかはわからない。しかし、高倉さんはそのカメラを受け取ると、快く記念写真を撮ってあげたという。

「優作が妙に真面目《まじめ》な顔をしてね。でも、嬉《うれ》しそうだった」

リムジンの中で、正装した高倉さんがカメラを構え、やはり正装した松田さんの記念写真を撮っている。それを想像しただけでふっと口元が緩んできそうになる。狂気をはらんだような犯人役の松田さんに比べ、真面目すぎるくらい真面目な刑事役の高倉さんは、決して得な役回りではなかったが、『ブラック・レイン』の話をするときの高倉さんはいつも楽しげだった。

高倉さんは、必ずしも流暢《りゅうちょう》ではなかったかもしれないが、英語で自分の意思を伝えることが普通にできた。しかし一方で、もう少し英語が自在にしゃべれたらという思いもあったのだろう。若い俳優たちへの「一、二年アメリカで勉強してきたら」という言葉には、もしかしたら、俳優としてほんの少し満たされなかった「夢」の存在が見え隠れしているのかもしれない。

3

いつかいつかと思いながら、自分の仕事の忙しさにかまけて、高倉さんの映画のためのシノプシスを書けないでいることが長く続いた。

そのうち、高倉さんが映画を撮る間隔が長くなり、出演する映画のストーリーも私が好むものとはかなり違っていると感じられてきて、自分の出番はなくなったと思うようになっていた。

ところが、五年前のことだった。

アメリカで映画を撮っている中国人監督のウェイン・ワンさんが来日し、私に会いたいという申し出をしてくれた。ワンさんは、エィミ・タン原作の『ジョイ・ラック・クラブ』やハーヴェイ・カイテル主演の『スモーク』などの作品で知られている。

夜、食事をする約束で会ってみると、ワンさんは私と同年代の温和な好男子で、すばらしく魅力的な人物だった。そのワンさんが「いま、沢木さんはどんなことに興味を持っているのですか」と質問してくれた。

そのとき、私はマカオから帰ったばかりのところだった。

本来、私はギャンブルにほとんど興味のないタイプの人間だった。ところが、二十五年ほど前、ひょんなことからバカラに関心を持つようになってしまったのだ。二十五年前、阿佐田哲也こと色川武大《いろかわたけひろ》さんが亡《な》くなり、その色川さんの追悼をするため、ひとりでマカオに行った。生前の色川さんが「いつかマカオに行ってバカラをしよう」と言ってくれていたからだ。私が文庫の解説を書かせてもらうことになった『新麻雀《マージャン》放浪記』では、重要な舞台がマカオであり、ギャンブルの種類がバカラだった。色川さんは、マカオに行って、私にバカラというものを教えてくれようとしていたらしい。ところが、色川さんがこの世を去ったため、ひとりでマカオのカジノに行くことになった私は、まったくやったこともないバカラの勝負を眺めているうちに、自分でも信じられないくらい強く魅入られてしまった。そして、一週間ぶっつづけでバカラをやって日本に帰ったときには立派なバカラのジャンキーになっていた。

以来、仕事で外国に行き、そこでの用事が終わると、近くにカジノがあるかどうか調べ、そこにバカラの台があれば必ずやるというようになった。いや、仕事がなくても、ただバカラをやるためだけにマカオやラスヴェガスに行くようになった。

そのようにバカラをやりつづけているうちに、バカラをテーマにひとつのストーリーができないだろうか、という思いが生まれてきた。カジノの周辺、とりわけバカラのテーブルの周辺では、実にさまざまな人に遭遇し、さまざまな物語の断片を目撃することになった。これを小説にできないだろうかと思うようになったのだ。

だが、それはぼんやりした思いだけで明確なストーリーにはならなかった。

ところが、ウェイン・ワンさんに、いまどんなことに興味を持っているのかと訊ねられ、バカラと答え、バカラをテーマに小説を書きたいと思っていると付け加えると、さらに、それはどんなストーリーなのですかと訊ねられた。

ひとりの若者が偶然のことからマカオに立ち寄り、おっかなびっくりバカラをやってみる。ほんの少額を賭《か》けて当たるが、そのチップを中国人の老人にかすめ取られてしまう。それから、何度かその老人をカジノの周辺で見かけるうちに興味を覚えるようになる。あるとき、街を歩いている老人のあとをつけるように歩いていくと、墓地に入っていく。その奥のベンチで煙草《たばこ》をふかしているところを見つけると、若者はつかつかとその老人に近づいて声を掛ける。

「日本の方ですね」

すると、その老人は中国語ではなく日本語で鋭く言う。

「どうしてだ」

そこから謎《なぞ》めいた老人と若者との関わりが始まるのだが、私はそれを、いわゆる「仕方話」で話しつづけた。

私は英語が上手に話せない。ところが、ワンさんはすぐれた通訳を伴っていて、彼女が見事に訳して聞かせてくれる。私が長い話を終えると、ワンさんが言った。

「それは、そのままで映画のシナリオになっています」

そしてこうも言った。

「もし映画にするとしたら、やはりその老人の役は高倉健さんしかいませんね」

聞けば、ワンさんも高倉さんのファンだという。一度は一緒に仕事がしたいという手紙を送ると、高倉さんから自分もいつか一緒にできたらと思っているという返事をもらったくらいだという。

そのとき、私の内部で、やはりそうだったのかと気がついた。やはり私は無意識のうちにあの老人を高倉さんに擬して考えていたのだ。

別れ際《ぎわ》にワンさんが「小説が完成したらぜひ読ませてください」と言った。たとえ社交辞令だとしても、その言葉は嬉しかった。

私は翌日からその物語を書くことに熱中しはじめた。その老人が生き生きと動き出したからだ。高倉さんの声に乗せて考えると老人の台詞が次々と浮かんでくる。なるほど、役者に当て書きをする座付き作家が書きやすいというのはこういうことなのかと納得した。

もしこれが完成したら、高倉さんの映画の原作の候補になるかもしれない。これまで一度もきちんとしたかたちで高倉さんに映画の主人公の人物像を作り上げて提示することができなかったが、もしかしたらこれがその代わりになるかもしれない。

だが、半年もあれば書き上がるだろうと思っていたが、とてもそんな簡単には行かなかった。当初は、原稿用紙にして二百枚くらいの中編と考えていたが、書いて行くうちにストーリーが膨らんでいってしまったのだ。四、五百枚の長編になり、八百枚から千枚になり、千二百枚を超えるようになってしまった。それと共に、一年、また一年と過ぎていってしまった。

ウェイン・ワンさんが読みたいと言ってくれたのは単なる社交辞令だと思っていたが、一年に一度くらい「まだ小説は完成しませんか」という問い合わせがくる。だが、三年経《た》っても四年経っても書き上がらなかった。

しかし、五年後のこの秋、それは『波の音が消えるまで』というタイトルを持つ、千五百枚の書き下ろし小説として完成した。

ほぼすべての作業が終わり、あとは刊行を待つだけになった。

あまりにも遅くなり過ぎた。いまの高倉さんにはこのような動きの激しい役は演じられないかもしれない。いや、その前に、このような役を好まないかもしれない。だが、とにかく出来上がったら読んでもらおうと思った。

刊行を待つあいだ、私はしばらくロサンゼルスに滞在することにした。ロサンゼルス在住の林一道さんが招いてくれたのだ。

林さんは私と高倉さんを結びつけてくれた人だった。高倉さんのためにとっておいたアリ戦のチケットを、高倉さんの承諾を得て私にまわしてくれた。それがなかったら、私は高倉さんと出会うこともなかっただろう。

若い頃、日本から新天地を求めてロサンゼルスに渡った林さんは、偶然のことから高倉さんと知り合った。以来、私の眼には、アメリカにおける「弟分」と映るようなかたちで高倉さんとの関係を続けていた。かつて高倉さんは、暇になると必ず行くというほどハワイが好きだったが、いつの間にかそれが西海岸になっていた。そこに、林さんがいたということも、大きな要因だったような気がする。

林さんが私を招いてくれたのは、ボクシングのスーパースターへの道を歩みはじめているゲンナジー・ゴロフキンの世界タイトルマッチを見せたいと思ってくれたからだった。チケットはとってあるから、もしよかったら来ないかという。そこで私は、長かった仕事の疲れを癒《いや》すためもあってロサンゼルスに向かったのだ。

試合は、ゴロフキンの底知れない強さを見せられただけであっけなく終わってしまったが、その滞在の最後の日の夜、海岸沿いにある林さんの部屋で、林さんが大切にしている一本の音楽テープを聞かせてもらった。

「これから林君のために『叱《しか》られて』を歌いますね」

そうやさしく語りかけた女性は、伴奏のいっさいない、いわゆるアカペラで、太く低い声で歌いはじめる。

叱られて　叱られて
あの子は町までお使いに

それは、高倉さんの妻だった江利チエミさんの歌声だった。

林さんが若い頃、何者かになろうと悪戦を続けていた時期に江利さんがひとりでロサンゼルスにやって来た。そして、林さんのアメリカにおける親がわりとなってくれていた方の家に泊まった。当時、江利さんは高倉さんとの離婚を目前にしていた。だが、高倉さんの「弟分」のような林さんのことを気に掛けてくれていた江利さんは、寂しくなったら聞いてほしいと言い、自分の部屋でひとり歌い、ひとりで録音したそのテープを手渡してくれたのだという。テープの中には、「叱られて」以外に「赤とんぼ」や「月の沙漠《さばく》」など全九曲の童謡唱歌が吹き込まれていた。林さんによれば、江利さんが録音するために使ったそのテープレコーダーは、高倉さんが林さんの親がわりの方にプレゼントするため日本から持ってきてくれたものだったという。

たぶん、高倉さんと江利さんは別れる必要のない二人だったのだろう。私も高倉さんが「こっちから別れるつもりは全然なかったんだけどね」と言うのを聞いたことがある。だが、二人の結婚というフィルムは、巻き戻して修復をされないうちに、主演のひとりである江利さんが命を落としてしまった。

静かな静かな　里の秋

お背戸に木の実の　落ちる夜は

聞いているこちらの心に滲《し》み入ってくるような江利さんの歌声を聞きながら、私と林さんはやはり高倉さんのことを話していた。

私は『波の音が消えるまで』の話をし、その老人の役を高倉さんに演じてほしかったが、さすがにもう無理かもしれない。しかし、誰かのまったく違う物語でいいから、あと一本、高倉さんに映画を撮ってもらいたい。美しく消えていく「最後の映画」を撮ってほしい……。

そう私が言うと、林さんが言った。

「もういいじゃないですか」

「………」

「もう充分、演《や》ってきたじゃないですか。これ以上、何を演らせようというんです。高倉さんには、ありがとうございました、と言って、休んでもらいましょうよ」

そのとき、パーンと横面《よこつら》を張られたような気がした。そうかもしれない。あと一本、もう一本というのは、こちらの勝手な思いに過ぎないのかもしれない。高倉さんは、もうすでに充分演じつづけ、演じ切ったのかもしれない……。

日本に帰ると、間もなく『波の音が消えるまで』の見本が刷り上がった。私は、編集者に頼み、その本をまず東宝の社長室に送ってもらった。私が初めて北海道で高倉さんと会ったとき、東宝から付いてきた若い社員がいる。そして、その社員は、しばらくすると私に高倉さんの映画のシノプシスを書かせてくれようとした。その社員、島谷能成《よししげ》さんが、いまは東宝の社長になっていたのだ。

その本は、ついに島谷さんのもとに届けられなかったシノプシスのかわりだった。私が高倉さんに演じてもらいたかった役とは、このような人物だったのです。最終的に、このような人物になったのです。それを伝えたかった。そして、島谷さんがその本を読めば、きっと高倉さんに手渡してくれるだろうと思ったのだ。

しかし。

本の新聞広告が朝刊に出たその日の昼前、未知の新聞記者から電話が掛かってきた。

「いま、高倉さんが亡くなったという報が入ってきました……」

と。

遅かった。もう少し早く書き上げていれば、高倉さんにも眼を通すくらいのことはしてもらえたかもしれない。間に合わなかった。

だが、一方で、それもよしとしよう、という諦《あきら》めとは異なる思いが生まれてもいた。高倉さんが演じる映画にはならなかったが、どこからか、その老人の台詞が高倉さんの声に乗って聞こえてくる。それはつまり、その小説が、私の内部で、私だけの高倉さんの映画として存在しているということであるのだろう。脚色されなかったおかげで、完璧《かんぺき》な姿のままの一本の映画として。

もしかしたら、私と林さんがロサンゼルスで江利さんの歌を聴きながら高倉さんの話をしていたとき、高倉さんは病院のベッドの上で苦しい戦いをしていたのかもしれない。

かつて、私が初めて高倉さんと北海道の牧場で話したとき、こんなやりとりをしたことがあった。自分の未来というものがどのように見えているのですかと私が訊ねると、高倉さんはこう答えた。

「何も見えていませんね。僕はついこのあいだまでは、メキシコのモーテルでからからになって死んでたよ、なんていうのはかっこいいなと思っていたこともありましたけど、いまはそういうのはいやですね」

そこで、私が、いまは、と訊ねると、こう答えたのだ。

「いまはね、そうですね、いまだったら、アクアラングで潜ったままぜんぜん出てこないというのがいいですね。なんだかカリブ海に潜りに行ったまんま上がってこないよ、というのが一番いいですね」

確かに高倉さんが死んだのは病院のベッドの上だったが、ほとんど高倉さんが望んだとおりの死を迎えることができたような気がする。本当に身近な少数の人を除いて、死の間際の戦いの存在も、その詳細もいっさい知られることがなかった。だからこそ、私たちは、高倉さんがベッドの上で死んだのではなく、北の雪嶺《せつれい》の奥深くに分け入ったまま消えてしまったかのように思うことができるのかもしれないのだ。あるいは、南の深い海の底に潜ったまま……。

（15・1）

# 供花として

もう二十年以上前のことになる。私は檀一雄の未亡人であるヨソ子さんのもとを週に一回訪ね、話をお聞きするということを続けた。

それは断続的ではあったが、ほぼ一年に及んだ。

私が石神井《しゃくじい》にお住まいのヨソ子さんを訪ねて話を聞くようになったとき、最初のうち、その訪問の曜日は月曜日だった。月曜の午後一時半にうかがい、六時前に失礼する。いま考えれば、もうすでに七十代に入られていたヨソ子さんに、ずいぶん長い時間付き合わせ、無理をさせたものだと思う。

しかし、お邪魔していた四時間余りをずっとインタヴューしていたわけでなく、そこには二度ほどのコーヒー・ブレイクが挟まれるのが常だった。三時頃にケーキか和菓子を出してくださる。そして、四時半を過ぎた頃には、いわゆる「小腹」を満たしてくれるような軽い食事が出てくる。

　ある日、手製の鯖鮨《さばずし》が出た。とてもおいしく、私は瞬《また》く間にすべてを平らげてしまった。よほど私がおいしそうに食べたらしく、次の週も鯖鮨を作っておいてくださった。もちろん、それもきれいに平らげた。

　以来、夕方の軽い食事は鯖鮨と決まっていった。月曜日にうかがい、ケーキか和菓子を食べ、鯖鮨を御馳走《ごちそう》になる。まったく何が目的かわからないくらいだったが、とりとめもない私の質問に答えることを、ヨソ子さんもそれなりに楽しんでくださっているようにも思えた。

　ところが、そんなある日、ヨソ子さんがこうおっしゃった。

「もしよければ、来週からは、月曜ではなくて、火曜日にいらっしゃっていただけませんか」

　もちろん、私に否《いな》はなかった。当時は、ヨソ子さんにお会いして話を聞くというのが、私の生活のリズムを作ってくれている最も大事な「イベント」だった。

　しばらくして、ふと、その理由をおうかがいしてみる気になった。

　すると、ヨソ子さんは少し恥ずかしそうにこうおっしゃった。

「前の日が日曜日だと、魚屋さんがお休みなので、いい鯖が手に入らないんですよ」

どうせ作るのなら、いい鯖を手に入れたいから、というのだった。

そのヨソ子さんも、去年の四月、九十二歳で亡くなられた。

長女の檀ふみさんの意向もあり、親族と、ごく親しい知人だけの葬儀だったが、その会葬者には御礼として私の書いた『檀』が配られた。

ふみさんからは、私のもとに、『檀』は母にとって美しい花でした、という感謝の念を伝える手紙が届いた。

あるいは、ヨソ子さんが毎週火曜日に作ってくださった鯖鮨が、その遺影を飾るささやかな「供花」を生んでくれたということになるのかもしれない。


（16・7）

## 岐路

### 『危機の宰相』

一九七七年、私は「文藝春秋」に『危機の宰相』の原型となる原稿を書いた。

たぶん、その前年に、一九三六年に開催されたベルリン・オリンピックを「ナチス・オリンピック」として書いたことが大きかったのだろうと思う。さらに本格的に、ひとつの歴史的出来事の全体を描いてみたいという思いが強くなってきた。そのとき、私の中でしだいに大きくなってきたのが一九六〇年の「所得倍増」である。厳密に言えば、まず下村治という存在への関心があり、そこから出発して「所得倍増」に辿《たど》り着いたということになるだろうか。

残っている手帖《てちょう》によれば、私が最後に下村氏にインタヴューしたのは、一九七七年四月五日である。掲載されたのは六月十日発売の七月号だから、最終的な締め切りは五月二十日前後だったと思われる。計算してみると、ほとんど一カ月半で書き上げていたのだ。その一気呵成《かせい》の勢いを引き出してくれたのは、池田勇人、田村敏雄、下村治という三人の運命の不思議な絡《から》み合いに対する、尽きない興味だった。

　そして、これを取材し、書き進めていくプロセスで、構想はますます広がっていった。所得倍増計画が成った一九六〇年が特別の年のように思えてきたのだ。私には以前から夭折者《ようせつしゃ》としての山口二矢《おとや》に対する関心があったが、その山口二矢が浅沼稲次郎《あさぬまいねじろう》を刺殺したのも一九六〇年だった。

　それだけではない。幼いながらに六〇年安保の時代の全学連にはあるシンパシーを抱いていたし、その構成メンバーのその後の運命にも惹《ひ》かれるものがあった。とりわけ、『ゆがんだ青春』というラジオの構成番組によって右翼との関係を暴露されてからの元委員長唐牛《かろうじ》健太郎の、迷走と言えなくもない「生」の軌跡には、強く惹かれるものがあった。ある意味で、そのラジオ番組は、六〇年代の学生運動を四分五裂させる原因のひとつともなるほどの影響力を持った。その番組の作り手の側、つまりメディアの側の論理と、唐牛健太郎の状況を絡めながら描けば、単に学生運動だけでなくメディアについても描けるかもしれない。

　そうだ、この三つの物語を「1960」という三部作に仕立て上げてみよう。体制の側の提出した夢と現実としての「所得倍増」の物語。右翼と左翼の交錯する瞬間としての「テロル」の物語。学生運動とメディアの絡み合いが生み出した「ゆがんだ青春」の物語。

タイトルは、こうだ。


『危機の宰相』

『テロルの決算』

『未完の六月』


これを「1960」という総テーマによって束ねるとすれば、それは次の十年の「1970」に結びつくことになるだろう。つまり、「所得倍増」と対応するものとして田中角栄の「日本列島改造論」があり、「山口二矢」に対応するものとして「三島由紀夫」が存在し、「全学連」と対応するものとして「連合赤軍」がある。

そうだ、そうしよう……。私は興奮しながら『危機の宰相』の取材を続けていった。

書き上げられた『危機の宰相』は「文藝春秋」に一挙掲載された。枚数はほぼ二百五十枚に達していたが、さすがに長すぎるため五十枚ほど削った。

そして、それは、サブタイトルに「池田政治と福田政治」という余計なものをつけられ、いわゆるリードに次のような文章を載せられることになった。

《「六〇年安保」という戦後最大の保守の〈危機〉を〈所得倍増〉で池田は乗り切ったが、いまふたたび保守単独政権の崩壊という安保以来の〈危機〉に直面し、「経済の福田」はいかなる方策で〈危機〉を乗り切るのか。二人の宰相の対比において、高度成長の〈黄金時代〉の意味を問う異色作！》

私が書いたものの中にはほとんど「福田政治」について語られた部分がない。まさに羊頭狗肉《ようとうくにく》といったところだが、いまどうして池田勇人なのか、なぜ所得倍増を取り上げるのかという、ジャーナリズムの世界でよく使われる「提案理由」としてつけられたことは理解していた。あまり嬉《うれ》しくはなかったが、文句を言うほどのことではないというくらいの「分別」はあった。

発表してしばらくすると、意外な反応があった。日本経済新聞の経済論壇時評で、名古屋大学教授の飯田経夫《いいだつねお》氏が長文の批評を書いてくれたのだ。しかも、そこには、「過褒《かほう》」といってもよいほどの評言が含まれていた。

沢木耕太郎というルポライターの存在を私が初めて知ったのは、『敗れざる者たち』という魅力ある書物によってであった。それは、「敗れざる者」というタイトルとは逆に、悲劇のスポーツ選手たちの評伝集であり、たとえば、巨人の長嶋茂雄とほぼ同時代に活躍し、彼と遜色《そんしょく》ない生涯打率を残しながら、いまや完全に忘れられたオリオンズの榎本喜八《えのもときはち》の姿など、まさに鬼気迫るものがある。彼は、バッティングの完成を追求する過程でしだいに精神のバランスを崩し、引退して何年もたつ現在でも、いつの日にかカムバックすることを信じて、日夜孤独のトレーニングに没頭しているのである。

昭和二十二年生まれ、まだ三十歳そこそこの沢木氏は、このたび「危機の宰相――池田政治と福田政治」(「文藝春秋」七月号)を書くことによって、いっそうの飛躍を遂げたように思われる。このみずみずしい文章は、「三木武夫《たけお》は無論のこと福田赳夫《たけお》に到《いた》るまで」「池田以後のどの保守政治家も『所得倍増』を超える現実的で力強い政治経済上の言葉を発見することができ」ていないという見方に立って、池田時代を回顧したドキュメントである。

池田時代のスタートは「六〇年安保」の直後であり、反安保ないし「革新」にとっては絶好のチャンスであった。その当時「小学生にすぎなかった」沢木氏は、「のちに『安保闘争史』といった書物を読むたびに、なぜかくも急速に『安保』後の政治状況が保守の側に有利な流れになってしまったのか、どうしてもわからなかったが、いまでは、「革新」には「日本」という国の未来に対する現実的な構想力に欠けていたのに対して、保守には、あるいは「少なくとも、池田とその周辺には」、確実にそれがあったということが、よく理解できるという。

「池田とその周辺」の人びととしてクローズアップされるのは、池田自身の外、エコノミスト・下村治と宏池《こうち》会《かい》事務局長・田村敏雄である。三人が三人とも、大蔵官僚として不遇な道をたどったこと、それぞれ「業病《ごうびょう》と闘い、捕虜生活に苦しみ、死病に苦しんだ」ことに注目すると、「三人は確かに『敗者』であった」。かくて、「三人が共有することになる、日本経済への底抜けのオプティミズムは、三人が共に一度は自分自身の死を間近に見たことがあるということを考える時、ある種の『凄味《すごみ》』すら感じさせられる」。中でもとくに、黒子にすぎず、世間的にはほとんど無名な田村敏雄の人間像がもっとも「凄味」があり、榎本喜八に通じる鬼気がある。この鬼気と対置するとき、「当時の経済論壇」は、ただ「『永遠の正論』の側に身を寄せて現実を批判」していただけであり、「批判者たちの立論の変遷《へんせん》を辿っていくと、この国の『口舌《くぜつ》の徒』に対する絶望感が襲ってくる」という沢木氏の指摘には、それこそ凄味がある。

私はこの『危機の宰相』を、どこかで、スポーツを描くのと同じようなつもりで書いていた。だから、経済学者のこうした評価をまったく期待していなかった。飯田氏とは面識はなかったが、いくつかの著作や論文によって、経済学者として他の人にはないバランス感覚があることは知っていた。それだけに、飯田氏のその懇切な批評は嬉しかった。

本来なら、すぐにも単行本化すべきだったかもしれない。しかし、そのときの私には、眼の前に『テロルの決算』の全体がぼんやりとだが見えかかっていた。すでに書いてしまったものを整理するより、未知のものにぶつかっていくことの方がはるかにスリリングだった。

それに、『危機の宰相』を書き終えて、ある種の不満を覚えていたということもある。それを『テロルの決算』で早く解消したいと望んだのだ。

不満のひとつは長さだった。『危機の宰相』はこれまでにない長さのものだったが、私にはもっと長いもの、本格的な長編を書きたいという思いが強くなっていた。

もうひとつの不満は方法論に関するものだった。

この少し前から、アメリカのニュージャーナリズムについての情報が断片的に入ってくるようになっていた。

ニュージャーナリズムとは何かということについてはさまざまな定義の仕方がある。しかし、定義の違いは、「書き手の意識」と「表現の仕方」のどちらに比重をかけるかによって生じる差だと言ってよい。私は、ニュージャーナリズムを、表現においてある徹底性を持った方法によって描かれたノンフィクションである、という受け取り方をした。中でも、徹底した三人称によって「シーン」を獲得するという方法論に強く反応した。「シーン」こそがノンフィクションに生命力を与えるものではないか、と。

しかし、『危機の宰相』では、一人称と三人称が混在しており、「シーン」の獲得という点においても不満が残った。なんとかして、完璧《かんぺき》な三人称で書くことはできないか。

そこから『テロルの決算』は出発し、方法論的にはあるていど満足できるものができた。そのため、こちらを先に単行本化したいと思うようになり、私の長編第一作は『危機の宰相』ではなく、『テロルの決算』ということになった。

もちろん、『テロルの決算』を完成させたあとで、すぐにも『危機の宰相』の単行本化に取り掛かるつもりではいた。ところが、ボクサーのカシアス内藤と再会し、そのカムバックに深く関わることになってしまったため、しだいに『危機の宰相』は遠ざかりはじめた。そして、その結果、『テロルの決算』の次の長編は『一瞬の夏』ということになってしまったのだ。

やがて、次から次へと興味深い現実が眼の前に現れ、それに惹かれて反応していくことでますます『危機の宰相』は遠くなっていってしまった。それはまた、「書くこと」より「生きること」を優先したための結果でもあったが、単行本化に取り掛かれなかった理由はもうひとつある。

私が『危機の宰相』を書いたモチーフのひとつは、『テロルの決算』における山口二矢に対するのと同じように、下村治に対する「義侠心《ぎきょうしん》」のようなものからだった。しかし、私が『危機の宰相』を書いて以後、「体制」の側の人物を肯定する作品がよく見られるようになった。とりわけ、池田と下村と田村という三人の関わりについても、いかにも自分が発見したというような筆致で書かれたような著作が現れるに至り、わざわざ私が本を出すまでもあるまいという気分になってきた。

それでも、何度かは思い返して完成させようとした。

一度は、ある席で飯田経夫氏に初めてお会いした折に、こう言われたときだった。

「どうして『危機の宰相』を本にしないんですか。学者や評論家たちが、あなたのアイデアを平然と盗用していますよ」

そのとき、よしきちんと整理して本にしようと思った。カットした部分を元《もど》に復し、欠けているところを埋め、全体のバランスを取る。しかし、始めてみると、それは簡単なようでいて極めて面倒な作業だった。それもあって、途中で挫折《ざせつ》してしまった。

もう一度のチャンスは、一九八九年に下村治氏が亡《な》くなったときに訪れた。やがてその二年後に刊行されることになる、『下村治』という追悼集に何か文章を書いてくれないかと依頼されたのだ。依頼状には下村氏の長男である恭民《やすたみ》氏の添え書きがあり、こう記されていた。父は『危機の宰相』が単行本化されるのを待っていました、と。

私は、その追悼集に執筆する代わりに、『危機の宰相』を完成させるべく整理を再開した。しかし、そういうときに限って、新しく惹かれるものが眼の前に現れてしまうのだ。私はどうしても我慢できずに机を離れ、その現実の中に飛び込んでいってしまった。

この時点で、私は『危機の宰相』を完成させることをほとんど諦めるようになっていた。

ところが、二〇〇二年に「沢木耕太郎ノンフィクション」という作品集成を刊行するに際して、そのラインナップを考えているうちに、今度こそという気になった。今度こそ絶対にやり遂げよう。おそらく、この機会を逃がせば永遠に『危機の宰相』を完成させることはできないだろう。

実際にすべての作業が終わるまで不安がなくはなかった。今度もまた失敗に終わるのではないだろうかと。しかし、不思議なことに、あの当時の「一気呵成」の力が甦《よみがえ》りでもしたかのようなスピードで、ついに完成に持ち込むことができた。

私には、何年、何十年と抱え込んで、ようやく刊行にこぎつけたという作品が少なくない。しかし、そんな私にもこれほど時間のかかったものはなかった。「文藝春秋」に発表したものを第一稿とすれば、それから「沢木耕太郎ノンフィクション」版の決定稿を書き上げるまでに二十七年が過ぎたことになる。さすがの私も茫然《ぼうぜん》としてしまいそうになる。

ところで、「1960」三部作のうち、もうひとつの『未完の六月』はどうなったのか。

その『危機の宰相』の決定稿ができあがる直前、ある座談会に出席した。

本来、私は座談会というものをあまり好まない。対談と違い、それぞれの独白が交錯するだけで、議論が深まるなどということはほとんどないと思っているからだ。にもかかわらず、その座談会に出ることにしたのは、コーディネーターの役割を引き受けている方に「義理」があったからだ。
その座談会での話は多岐にわたった。私がミスキャストであることは間違いなかったが、だからといって黙ってばかりというのでもなかった。フィクションとノンフィクションという私が話しやすいテーマを振ってくれたということもあっただろうし、私の方にも可能なかぎり「つとめよう」という意識があったせいかもしれない。

そうした中で、終わりに近く、『未完の六月』に関して、自分でも思いがけないことを口走っていた。

私はこれまで、『未完の六月』については、そのタイトルも内容もほとんど公《おおやけ》の場では話さないようにしてきた。いったん口に出してしまうと、書かないまま終わってしまいそうな気がしていたからだ。しかし、その座談会では、長い時間がかかった『危機の宰相』の整理が終わりつつあるということもあったのだろう、つい口に出してしまったのだ。

「『危機の宰相』を書いたとき、僕には彼らに対するいわば義侠心のようなものがあったわけですよ。こんな志を持った人たちが、このようにある意味で貶《おとし》められている、と。彼らに対する義侠心がその所得倍増の物語を書かせたんですね。山口二矢に対しても、単に赤尾敏《びん》に使嗾《しそう》されたおっちょこちょいの十七歳だ、と思われていることへの義俠心があったわけです。ひとりの少年が自分の意志で、その志で人を殺すということがあったって全然不思議ではない。その貶められた十七歳に対する義俠心から僕は書いたと言ってもいいんですね。書かなかったけれども唐牛さんに対してもある種、貶められた人としての唐牛健太郎に対する義俠心が書かせる可能性があったわけです」

そうしたことを私がつい口走ってしまった理由については、その座談会に西部邁《にしべすすむ》氏が参加していたことが大きかったと思う。

私は、西部氏の『ソシオ・エコノミックス』を読んだとき、そしてその本の扉裏に次の献辞が記されてあったのを見たとき、胸がしめつけられるように感じ、『未完の六月』をできるだけ早く書こうと思ったことがあったからだ。

オホーツクの漁師　唐牛健太郎氏に

西部氏は六〇年当時の全学連の中央執行委員であり、唐牛健太郎とはブント〈共産主義者同盟〉における「同志」でもあったのだ。

だが、そのときもまた、何かがあって、つまり「生きること」を優先させようと思える何かがあって、書けなかった。以来、『未完の六月』は『危機の宰相』と同じように遠いものとなっていた。

確かに遠いものとはなっていたが、その座談会に出席するまで、私はまだ、『未完の六月』を書くことがあるような気がしていた。ぼんやりとだが、いつの日にか、と。しかし、その座談会で「書かなかったけれども」と口に出してしまったとき、私は『未完の六月』がついに未完のまま終わるだろうことを心のどこかで受け入れているらしい自分に気がついたのだ。

一九七八年に『テロルの決算』を書き終えたとき、私には二つの方向があったように思える。ひとつは『危機の宰相』に戻り、それを完成させるという方向。もうひとつは、『一瞬の夏』の現実を生きるという方向。

もし、私が『危機の宰相』を優先していたら、いまの私と質の違う書き手になっていたことだろう。さまざまなかたちで歴史を物語るという方向に行ったかもしれない。あるいは、仕事を仕事として書くという、まさにプロフェッショナルな書き手になっていったかもしれない。

しかし、私は「書くこと」の前にまず「生きること」があるという書き手の道を選んだ。間違いなく『危機の宰相』は岐路だった。『一瞬の夏』の方に進むか、『危機の宰相』の側に向かうか。私は選ぶという意識もないままに『一瞬の夏』の方向を選んでいたのだ。

もちろん、だからといってそのことに悔いがあるわけではない。

（06・2）

# 完璧な瞬間を求めて

## 『テロルの決算』

私が二十代の最後に取りかかった作品である『テロルの決算』の取材では、実にさまざまなタイプの人と出会うことになった。たとえば、政治的には右から左まで、年齢的には十代から九十代まで、居住する地域においては北海道から九州まで、というように。

中でも、私に強い印象を与えてくれたひとりに中村忠相《ただすけ》がいる。

中村忠相は、山口二矢の父である山口晋平の旧制高校時代の友人で、「東京園」という温泉センターを東横線の綱島駅の近くで経営している人だった。山口二矢が日比谷公会堂で浅沼稲次郎刺殺事件を引き起こすと、山口一家はマスコミの執拗《しつよう》な「攻撃」に悩まされることになる。そのとき、ひそかに救いの手を差し伸べたのが中村忠相だった。自分はテロリズムを容認しない。しかし、友人とその家族が困っている以上、助けないわけにはいかない、と。中村忠相は、「役に立つことがあったらいってくれ」と電話を掛け、その申し出を受けた山口夫妻は緊急避難というかたちで「東京園」の一室に「隠れ住む」ことになった。

私は、取材の過程で、山口晋平に中村忠相を紹介してもらい、その中村忠相の口利《くちき》きで医師の梅ケ枝満明と会うことができていた。梅ケ枝満明と会えなければ、『テロルの決算』の最終章はまったく異なるものになっていただろう。しかし、私にとって中村忠相がとりわけ印象的だったのは、そうした取材上の便宜を図ってくれたからというだけが理由ではなかった。中村忠相という存在そのものが魅力的だったのだ。

中村忠相は、五十代のときに、旅先の旅館の階段から落下して脊髄《せきずい》に損傷を受け、以来、何十年もベッドの上で寝たきりの状態になっていた。私が初めて訪ねたときも、東京広尾の日赤医療センターの個室で横たわったままだった。いや、二矢の事件を受けて、「役に立つことがあったらいってくれ」という電話を山口晋平のもとに掛けたのも、すでに生涯治癒することはないだろうという絶望的な宣告を受けて寝たきりの状態になったあとのことだった。

しかし、その中村忠相は、ベッドの上で無数の本を読み、テレビの番組を見、訪ねてくる人の話を聞き、あるいは議論をし、あふれるばかりの好奇心を「全開」にして生きていた。その生き方を反映して、見晴らしのいい高層階にある中村忠相の病室は、いつも看護師や見舞い客の笑い声であふれていた。

私は『テロルの決算』の取材が終わってからも、ときおりその病室を見舞うようになった。

そこでは、やがて知り合うことになる中村家の子息たちの話や山口家の人々の「現況」というような話から始まって、国際情勢や教育問題、さらには中村忠相がベッドの上でずっと考えつづけているという「新しい国歌」についてといったようなものに至るまで、ありとあらゆることが語られたものだった。中村忠相は話を聞くこと、そして話をすることが好きだった。

あるときなど、今度来るときに何か持ってきてほしいものはありませんかと訊《たず》ねると、こう答えたものだった。

「話がおもしろい女の子をひとり調達してきてほしい」

私は、「女の子」という年齢ではないにしても、間違いなく「話がおもしろい」女優の友人に、三十分ほど相手をしてくれるよう頼んだ。二人で病室を訪ねると、中村忠相はその女優とさまざまなことについて一時間以上も話し込み、最後には、今度は車椅子《くるまいす》に乗ってこの近くのおいしいレストランで食事をしようという約束までするほどだった。

もちろん、それが「話の勢い」というものだということは中村忠相にもよくわかっていただろう。しかし、少なくとも、その一時間余りを楽しく過ごしてくれたことは間違いないようだった。私たちが帰ろうとすると、いつになく改まった口調で言ったものだった。

「ありがとう。いい記念になったよ」

やがて、私は、見舞いに行く日を大晦日《おおみそか》と決めるようになった。寝たきりであるにもかかわらず中村忠相の交友関係は広く、いつ見舞いに行ってもいろいろな人が病室にいる。しかし、その千客万来の病室もさすがに大晦日には見舞い客がいないだろうと思い、その日の夕方に行くことにしたのだ。

それが大晦日に行くことにして何度目のときのことだったかはわからない。ただ、その日も、高い階にある病室の窓から見える西の空に、大きく真っ赤な太陽が沈もうとしていたことはよく覚えている。

いつものように、あれこれとおしゃべりをしたあとで、少し話が途切れる時間が生まれた。夕陽を眺めながら、しばらくそれぞれの思いの中に入っていたあとで、私がふと訊ねるでもなく口に出した言葉があった。

「生きていたら……どうだったでしょう……」

すると、それが誰のことかと聞き返そうともせず、中村忠相が言った。

「そう……楽しいこともあったかもしれないな」

これまで、山口晋平をはじめとして山口家の人々のことについてはさまざまに話をしたが、なぜか山口二矢のことだけは互いに口にしなかった。ところが、このとき、私は自分でも意識しないまま山口二矢についてのことを口にし、中村忠相もまたそれを自然に受け止め、応《こた》えてくれたのだ。

「そう……楽しいこともあったかもしれないな」

私は中村忠相のその言葉を前にしてふと立ち止まった。

もし、山口二矢が生きていたら、やはり「楽しいこともあった」のだろうか……。だが、いくら想像しようとしても、山口二矢が、三十代、四十代と齢《とし》を取っていく姿を想像することはできなかった。

確かに、夭折した者には、それ以上の生を想像させないというところがある。自死であれ、事故死であれ、病死であれ、若くして死んだ者には、それが彼らの寿命だったのではないかと思わせるようなところがあるのだ。しかし、他の夭折者の多くは、山口二矢ほど鋭く「もし生きていたら」という仮定を撥《は》ねつけはしない。生きていればもうひとつの人生が存在したのではないかと想像させる余地をいくらかは残しているものなのだ。

どうして、山口二矢だけが「もし生きていたら」という仮定を弾《はじ》き返してしまうのだろう……。

と、そこまで考えたとき、いや、と思った。山口二矢と同じようにそうした仮定を受けつけない夭折者がもうひとりいた、と。

実は、私には、山口二矢の写真を見るたびに思い出す顔があるのだ。それは、二十三歳の若さで死んだボクサーの大場政夫《まさお》の顔である。

大場政夫は、一九七三年一月、チャチャイ・チオノイとの世界タイトルマッチで奇跡的な逆転勝利を収めた三週間後、首都高速でシボレー・コルベットを運転中に大型トラックと激突、死亡した。

私たちが知っている山口二矢の顔は、毎日新聞のカメラマンである長尾靖《やすし》が撮り、ピューリッツァー賞を取ることになる、日比谷公会堂における有名な現場写真の中のものである。山口二矢は胸の前で刀を構え、メガネがずり落ちた浅沼稲次郎に向かってさらに一撃を加えようとしている。

その写真の中の山口二矢の印象は、切れ長な目をした細面の顔立ちの若者というものである。そして、大場政夫もまた、山口二矢と同じように、切れ長の一重の瞼《まぶた》に細面の顔立ちをしているのだ。

日本には「白面」という言葉があり、そこには、色の白さと同時に年齢の若さという意味が含まれているが、山口二矢も、大場政夫も、その「白面」というにふさわしい顔立ちによって私の内部で重なり合う。

しかし、そのときまで、どうして山口二矢の写真を見るたびに大場政夫の顔を思い浮かべてしまうのかよくわからなかった。ただ単に顔立ちが似ているというだけが理由とは思えなかったからだ。

ところが、中村忠相の「楽しいこともあったかもしれないな」という言葉が、私に、大場政夫を「手塩にかけて」育てたマネージャーである長野ハルの言葉を思い出させてくれたのだ。かつて彼女は、こんな風に語っていたことがあった。

「大場には引退してからがもうひとつの人生なのよと言いつづけていた。それから楽しいときが待っているのよと……」

だが、それを聞いたとき、私は「楽しいとき」を迎えている三十代、四十代の大場政夫の姿を思い浮かべることができずに戸惑ったものだった。思えば、大場政夫もまた、山口二矢と同じように、「もし生きていたら」という仮定を鋭く撥ね返してしまう夭折者のひとりだったのだ。

なぜ、彼らは「もし生きていたら」という仮定を撥ね返してしまうのだろう?

もしかしたら、それはこういうことなのかもしれない。

山口二矢は、日比谷公会堂の壇上に駆け上がり、持っていた刀で浅沼稲次郎を刺し殺した。それは、彼が望んだことを完璧に具現化した瞬間だった。山口二矢は、十七歳のそのとき、完璧な瞬間を味わい、完璧な時間を生きた。

そして、大場政夫もまた、日大講堂に設けられたリングの上で完璧な瞬間を味わい、完璧な時間を生きた。第一ラウンド、大場政夫はチャチャイ・チオノイの強烈なロングフックによってダウンさせられる。しかし、鼻血を流し、右足が痙攣《けいれん》するというダメージを受けながら立ち上がると、逆に第十二ラウンドにおいて三度ダウンを奪って仕留めるという、見ている者が震えるような試合をやってのけたのだ。

彼らが、私たちに、「もし生きていたら」という仮定を許さないのは、彼らが生きた「完璧な瞬間」が、人生の読点ではなく、句点に匹敵するものだったからなのではないだろうか。「、」ではなく、「。」だった。

若くして「完璧な時間」を味わった者が、その直後に死んでいくとき、つまり、物語にピリオドが打たれるように死が用意されるとき、私たちには、それが宿命以外のなにものでもなかったかのように思えてきてしまう。そのように生き、そのように死ぬしかなかったのではないか、つまり、その先の生は初めから存在していなかったのではないかというように……。

そのとき、私はひとつ理解することがあった。

私は、少年時代から夭折した者に惹かれつづけていた。しかし、私が何人かの夭折者に心を動かされていたのは、必ずしも彼らが「若くして死んだ」からではなく、彼らが「完璧な瞬間」を味わったことがあるからだったのではないか。私は幼い頃から「完璧な瞬間」という幻を追いかけていたのであり、その象徴が「夭折」ということだったのではないか。なぜなら、「完璧な瞬間」は、間近の死によってさらに完璧なものになるからだ。私にとって重要だったのは、「若くして死ぬ」ということではなく、「完璧な瞬間」を味わうということだった……。

私は、そうした錯綜《さくそう》した思いを中村忠相に伝えようとして、口をつぐんだ。彼の何十年にもわたるベッドの上の困難な生は、「完璧な瞬間」を味わって死ぬという、山口二矢や大場政夫の直線的な生とは対極にあるものだったということに気がついたからだ。

たぶん、若くして死ぬことのなかった私たちの生は、山口二矢や大場政夫の直線的で短い生と、中村忠相の長く困難な生との間に漂っているのだろう。

しかし、私は大晦日の夕陽がゆっくり沈んでいくのを眺めながらこうも思っていた。私の内部には、依然として「完璧な瞬間」の幻を追い求める衝動が蠢《うごめ》いているような気がする。私にとって、それが、いったいどのような「場」に存在するのか、まったくわからないにもかかわらず。

（08・9）

# 長い影

## 『敗れざる者たち』

すべての発端は「日米対抗ゴルフ」だった。

そのとき二十三歳の駆け出しのライターだった私は、ＴＢＳの放送専門誌である「調査情報」の編集部に出入りするようになっていた。

ある日、編集部に行くと、こんなことを言われた。近く大阪の富田林《とんだばやし》で「日米対抗ゴルフ」という大会が行われる。そこには日本とアメリカのトップ・プロが出場するが、面白そうなので書いてみないか。

私はゴルフをやったこともなければ、テレビで試合を見るということもなかった。それは、私のどこかに、ゴルフをスポーツとは認めていないというところがあったからかもしれない。

小学生時代の私にとって、スポーツとは野球と同義だった。

放課後は、毎日、毎日、クラスの友達と近所の原っぱで野球をやっていた。時に、その原っぱの使用権を巡って他校の生徒と争い、話し合いの末、試合で決着をつけるなどというようなこともあった。その試合に負けたりすると、悔しさのあまりつい涙を流したりもした。

だが、小学校の高学年になる頃から、スポーツはただ単に「する」だけでなく、「見る」ものにもなっていった。

まだ家にテレビがなかった時代は、小遣いをためて、夜、近所の甘味処に行くのが楽しみだった。氷イチゴを一杯食べながら、店内に据え付けられているテレビで、ナイターを見ることができたからだ。

とりわけ、小学校六年生のときの、読売ジャイアンツと阪神タイガースの天覧試合の興奮はいまでもよく覚えている。

同点のまま九回裏を迎えたジャイアンツのトップバッターが長嶋茂雄だった。タイガースのピッチャーは速球派の村山実。その村山が二ストライクから投げ込んだ高めのストレートを、長嶋が大根切りのように振り抜くと、打球はレフトスタンドへポールぎりぎりに飛び込んでいった。

サヨナラ・ホームラン！

たぶん長嶋が、少年の私だけでなく、日本中のスポーツファンの心を鷲掴《わしづか》みにしたのはその瞬間だったろう。もちろん、そのときの私が言葉にできたはずはないが、こう思っていたような気がする。

――こんなことがあるんだ……。

野球には、スポーツには、こんな想像を超える劇的なことが起きうるのだというとに、私は茫然《ぼうぜん》としながら家路についたような記憶がある。

やがて、私は「する」スポーツとしては、野球を経て陸上競技に向かっていくようになる。そして、「見る」スポーツとしては、野球からあらゆる種類の競技に関心を向けるようになっていったが、ただひとつ、ゴルフにだけは関心が向かっていかなかった。私にとってゴルフは、「する」ものとしても、「見る」ものとしても、果てしなく遠くにあるものだったのだ。

しかし、「調査情報」からゴルフについて書かないかという打診を受けた私が、最終的に引き受けることになったのは、依頼をしてくれた編集部の三人、今井、宮川、太田の三氏に対する信頼があったからだろうと思う。彼らが面白いと言っているのだから、たぶん面白いのだろう、と。

ただ、それ以外にもうひとつ、その「日米対抗ゴルフ」には、尾崎将司という、私と同世代のゴルファーが出場するという話を聞いたことも大きかったかもしれない。春の甲子園の優勝投手だった尾崎が、卒業して西鉄ライオンズに入ったものの、まったく芽が出ないまま三年で自由契約となり、ゴルファーに転向したというニュースはどこかで読んだ記憶があった。

私は、「日米対抗ゴルフ」と尾崎将司を書くべく大阪に行き、その試合の前日の夜に行われた前夜祭のパーティーから、試合終了後の記者会見までのすべてを取材した。それによって、ゴルフの試合におけるショットやパットの一打一打がどのようにゴルファーのスコアーに影響し、どのように勝敗を分けていくのかの構造がうっすらと見えてくるようになった。

面白くなった私は、さらにその翌日から、「日米対抗ゴルフ」で鮮やかな勝利を収めた尾崎将司の取材を開始した。彼の生まれ故郷である徳島の宍喰《ししくい》に行き、父母をはじめとする家族や、友人、知人らに片端から会っていき、福岡を経由して東京に戻ると、ゴルフ関係者の多くを取材し、最後に、若くして結婚した相手である夫人にインタヴューをした。すると、尾崎の人生が、どのようにあの「日米対抗ゴルフ」と深く絡み合っていたかの綾《あや》のようなものが見えてきたのだ。

そこから一気に書き上げたのが「儀式——ジャンボ尾崎、あるいはそれからの星飛雄馬」だった。それは「調査情報」誌上に「'72ジャンボ尾崎――あるいは、それからの星飛雄馬」とタイトルを変えて掲載されたが、いずれにしてもその作品は、自分がどのようなテーマに向かっていけばよいかまったくわかっていなかった駆け出しのライターに、二つの方向性を指し示してくれることになったのだ。

ひとつは、さまざまな世界に生きている私と同世代のヒーロー、フロント・ランナーを描くということであり、もうひとつは、勝負の世界、スポーツの世界を描くということだった。

やがて、第一の方向性のものとしては連作集の『若き実力者たち』が生み出されることになり、第二の方向性のものとしては短編集の『敗れざる者たち』が編まれることになった。

連作集の『若き実力者たち』は、「月刊エコノミスト」という雑誌に一年間連載したものだったが、短編集の『敗れざる者たち』はいくつかの雑誌にバラバラに発表されたものだった。だから、それらを書く契機もひとつひとつ異なっていた。

それにしても。

第二の方向性のものとして、勝負の世界、スポーツの世界を描いた短編を一冊にまとめようとしたとき、なぜ『敗れざる者たち』というタイトルを持つものになっていったのだろう。

それは、すべての発端となったはずの「儀式」が、どうして『敗れざる者たち』に収められなかったのか、という問いに結びつくかもしれない。

もちろん、「儀式」は、『若き実力者たち』の一人として尾崎将司を取り上げる際、「巨象の復活」という一編の中に主要な部分を取り入れてしまったからということがある。しかし、かりにそうしたことがなかったとしても、「儀式」は『敗れざる者たち』に収められなかったかもしれないと思う。

なぜか。

考えてみると、もしかしたら、と思える理由がないこともない。

私には、小学生の頃に見たプロ野球の試合の中で、長嶋茂雄のサヨナラ・ホームランと並んで、いまでも鮮やかに記憶しているシーンがもうひとつあるのだ。

初秋の土曜日の午後、父に連れられて川崎球場に行った。

その日、デーゲームに予定されていたのは東映フライヤーズと大毎オリオンズの一戦だった。

当時のパ・リーグは、人気という面における暗黒時代だったため、福岡に熱狂的なファンを持つ西鉄ライオンズを除くと集客に苦労していた。しかし、それだけでなく、その試合がペナント争いに関係のない、一種の消化試合だったこともあって、川崎球場のスタンドには観客がまばらにしかいなかった。

試合は投手戦になり、互いに無得点のまま推移していたが、終盤、フライヤーズが一死三塁という好機を作った。

オリオンズの投手はサウスポーの荒巻淳《あつし》。メガネを掛けた細身の体で、大きなカーブと絶妙のコントロールで凡打の山を築いていたが、その回、ついに初めてピンチらしいピンチを迎えることになったのだ。

しかし、荒巻はまったく動揺した様子もなく、淡々とピッチングを続けているように私には見えた。

と、次の打者が、何球目かに、突然、バントをした。

スクイズだ。

勢いを殺されたボールは、三塁とピッチャーズ・マウンドのあいだに転がる絶妙のゴロになった。

三塁ランナーは猛然とスタートして本塁に突入した。

次の瞬間、荒巻は素早くピッチャーズ・マウンドを駆け降りると、右手にはめたグラヴでボールをキャッチし、そのまま捕手にトスをした。

グラヴ・トスをしたのだ。

捕手は、ボールを受けたミットを、滑り込んでくるランナーにタッチした。きわどいタイミングだったが、審判の判定はアウト！

そのあとの細部はよく覚えていない。鮮やかなグラヴ・トスと、直後の荒巻の何でもなかったかのような自然な姿が強い印象として残っているだけなのだ。

そして、やはり、このときも、私はこう思っていたような気がする。

——こんなことがあるんだ……。

ピンチにおいて少しも動じることなく職人的な技能を正確に発揮する。当時の私にそんな言葉は思いつかなかっただろうが、その荒巻の姿はどこか「涼しげ」で、カッコよかった。

ただ、秋の太陽が傾いていき、マウンド上の荒巻の影がしだいに長くなっていくのを見て、なんとなく物寂しく感じていたことを覚えている。それは、消化試合のグラウンドに漂う「陰」の気配を、子供心に感じていたせいかもしれなかった。

満員の後楽園球場において、まばゆいばかりの照明を浴びながら、天皇と皇后を迎えてのジャイアンツとタイガースとの「伝統の一戦」で放たれたサヨナラ・ホームラン。一方、観客もまばらな川崎球場において、秋の夕陽を浴びながら、フライヤーズとオリオンズとの消化試合で披露されたグラヴ・トス。たぶん少年の頃の私は、長嶋の劇的なサヨナラ・ホームランに興奮すると同時に、荒巻の職人的なグラヴ・トスに強く惹《ひ》かれる心性を持っていたのだろう。そして、二十代になってライターとして勝負の世界、スポーツの世界を描こうとしたとき、あのときの川崎球場を覆っていた「陰」の気配に感応する心性が前に出てきたのかもしれないと思う。

確かに、尾崎は野球の世界で芽は出なかったが、ゴルフの世界で華麗な花を開かせることになる。とりわけ、「日米対抗ゴルフ」に勝利したあとの尾崎の活躍には目覚ましいものがあった。まさに「敗れざる者」そのものだった。

尾崎は、その魅力的な笑顔に象徴されるような「陽」の世界の代表的な存在になっていった。だが、私が「書く」ものとしての勝負の世界、スポーツの世界に惹かれていったのは、たぶんそれが持つ「陰」の部分であり、戦う彼らが、あるいは戦ったあとの彼らが、グラウンドやトラックやリングに落とす長い「影」だったように思える。尾崎は、私の「敗れざる者たち」ではなかったのだ。

そして、私が二十八歳で『敗れざる者たち』というタイトルの本を出したとき、それは単に私のスポーツ・ノンフィクションの方向性を決めただけでなく、その後に書くことになる他のジャンルの作品の方向性をも導くものになっていた。

以後、私は、常に、地に長い影を曳《ひ》く「敗れざる者たち」を書くことになっていったような気がする。

（21・2）

# 記憶の海　文庫版のあとがきとして

先頃《さきごろ》、テレビコマーシャルへの出演依頼があった。これまでもコマーシャルには出ない熱心な申し出だったが、断らせていただいた。

と常に断ってきたので申し訳ありませんが、と。

私のような者にも、二、三年に一度くらいはテレビコマーシャルの出演依頼が舞い込む。そのたびに、提示される出演料が私の年収を軽く超える額であるのに驚かされる。だが、持ち慣れない大金を手にするとよくないことが起こりそうなので、などと言って動揺を押し隠しつつ、返事を変えることはない。

このようにして、二十代の始めでフリーランスのライターとなって以来、私は一度もテレビコマーシャルに出たことがないのだ。

それは、私が、ライターとなってしばらくは、何をするかではなく、何をしないか、によって自らを持していたようなところがあったからである。もしそれを生きる上の流儀というなら、私の流儀は「禁則」によって形作られたところが多かったと言えるかもしれない。

たとえば、長い間、コマーシャルだけでなく、テレビそのものにも出なかった。ノンフィクションのライターとしては、顔を知られることはプラスよりマイナスの方が多いと考えたからである。

また、講演は余儀ないもの以外、できるだけしないようにする。自由でいることが重要なフリーランスのライターが、講演の約束によって先に予定が決められてしまうのは自由を失うことにつながるように思えたからだ。それに、うっかり取材中の事柄を書く前にしゃべってしまうことで、内部に溜《た》まっているエネルギーが外に流れ出してしまうのを恐れたこともある。

その「禁則」の中には、あらゆる組織に加わらないというのもあった。政府の各種審議会の委員などといったものへの誘いはもちろん、いくつかの大学からの教員にならないかという勧めも断った。せっかくフリーランスという立場を選んだのだから、所属しない、ということを貫こうとしたのだ。

そうした「禁則」の中のひとつに、できるだけエッセイは書かないというのがあった。

それは、たとえどんなに原稿料が高くても、短いルポルタージュは書かないという方針と通じるものだった。

書きはじめた初期の頃から、多くの月刊雑誌の記事が四百字詰めの原稿用紙で三十枚前後、週刊誌が二十枚前後の時代に、少なくとも四十枚以上書かせてもらえない仕事は引き受けなかった。

それにはこういう考えがあったのだ。

たとえば週刊誌でいくら高い原稿料を提示されたとしても、十五枚や二十枚の短い記事では、消耗品として一週間で消えてしまうだろう。月刊誌でも寿命は一カ月に延びるに過ぎない。

しかし、四十枚以上の長い作品を書けば、それらを六つとか七つとか集めて一冊の本にすることができるはずだ。大事なのは、そのとき原稿料を多くもらうことではなく、のちに一冊の本にしうるだけの質の高い作品を書くことなのではないか。それには長さも必要なはずだ。

そのような考えを抱いていた私にとって、東京放送、現在のＴＢＳが出していた放送専門誌の「調査情報」は打ってつけの舞台だった。原稿料はとてつもなく安かったが、長さはほとんど自由に書かせてくれたからだ。のちに単行本となる『敗れざる者たち』や『人の砂漠』に収録されている作品の多くをそこで書かせてもらうことになる。

私が初めての単行本である『若き実力者たち』を二十五歳のときに出すと、若いノンフィクションのライターというのが物珍しかったのか、頻繁にエッセイの依頼が舞い込むようになった。

だが、私は、少しでも長いルポルタージュを書くという姿勢を維持するため、ほとんど断っていた。よけいなことに精力を注ぎたくなかったのだ。

エッセイに関する私の「禁則」が徐々に崩れてきたのは、二十六歳から七歳にかけて敢行された、異国への長い旅から帰ってからかもしれない。ぽつりぽつりとではあったがエッセイを書くようになった。

エッセイを書かなかったのは、単行本に収録できるノンフィクション作品を書くことに注力するためだったのは確かである。しかし、それともうひとつ、私にはエッセイに書くような内実、もう少し砕けて言えば「ネタ」の持ち合わせがないと思い込んでいたということもあったような気がする。人から話を聞くことは好きだったし、あえて言えば得意でもあった。しかし、私には人に話せるだけのものを何ひとつ持っていないと思えた。

ところが、長い旅から帰ってくると、自分にも人に話せることのひとつやふたつはあるかもしれないと思えるようになった。それは一、二編くらいなら自分にもエッセイは書けるかもしれないと考えるようになったということでもあった。

そして、気がつくと、十年ほどの期間に、上下二段組みで五百ページを超える大冊に収録しなければならないほどの量のエッセイを書いていた。

それが初めての全エッセイ集『路上の視野』であり、さらに『象が空を』や『銀河を渡る』といった本につながるエッセイを書くことになっていったのだ。

不思議なことに、あるときからエッセイを書くのがいやではなくなった。もっと正直に言えば、どこかで楽しいと感じはじめている自分がいるのに気がつくようになった。

ただ、テーマを与えられて書くエッセイはあまり好きではなかった。

たとえば、最後の晩餐《ばんさん》には何を食べるか、だとか、無人島にはどんな本を持っていくか、だとか、連れ合いへの詫《わ》び状を書いてほしいとか、あれこれ注文をつけられてエッセイを書くのは楽しいとは思えなかったのだ。

聞くところによれば、テーマを与えられた方が書きやすいという人の方が圧倒的に多いという。なるほどとは思うが、私は、それではエッセイを書く楽しみが半減してしまうような気がする。

確かに、テーマは何でもよいというエッセイの注文を受けると、何を書いたらいいのだろうと茫然《ぼうぜん》としてしまう。

だが、私は、その茫然とした時間が好きなのだ。

机の前に座り、何を書こうか窓の外の空を見ながらぼんやり考える。最近あったこと、考えたこと、遠い過去に起きたこと、遭遇した人、別れた人……。さまざまなことが脈絡なく脳裡《のうり》に浮かんでは、消えていく。

かつて、私はエッセイの名手である向田邦子《むこうだくにこ》を評して、「記憶を読む職人」と呼んだことがある。

深い井戸に似た過去の暗闇《くらやみ》の底にロープで降り、懐中電灯のようなものを当て、記憶を読み直していく、と。

もし、向田邦子が「記憶の井戸」に降りて記憶を読む職人だとすると、もうひとりのエッセイの名手であり、『ミラノ　霧の風景』を書いた須賀《すが》敦子《あつこ》は、イタリアという

「記憶の森」をさまよいながら、霧の中から不意に浮かび上がってくる記憶を拾い集めてくる歩行者だと言えるかもしれない。

もちろん、その二人のエッセイとは比ぶべくもないが、向田邦子が「記憶の井戸」で須賀敦子が「記憶の森」だとすれば、私は「記憶の海」の上をピーターパンのように飛びまわっているような気がする。

空を見ながらあれこれ思い出すままに任せているうちに、ふと何か閃《ひらめ》きよぎるものが現れる瞬間が訪れる。

それは記憶の海に浮かぶ小さな島を発見するのに似ている。

私はその小島に降り立ち、その島を恐る恐る探検しはじめる。

だが、そこに適当な果実の生《な》る木がないときは、また飛び上がり、記憶の海の上を飛翔《ひしょう》する。

そんなことを何度か繰り返しながら、ようやく手頃な大きさの果実の生る木がある島に降り立つことができる。

その実のひとつをもぎ、また空を飛んで、いま座っている仕事部屋の椅子《いす》まで戻ってくる……。

もしかしたら、私はエッセイを書くことが好きなのではなく、書くために記憶の海を飛翔するのが好きなだけなのかもしれないとも思う。
記憶の果実を採取して戻ってきても、その果実を読み手に食べてもらえるものにするには、やはり書くという「苦行」が待っているからだ。

沢木耕太郎

この作品は、二〇一八年九月新潮社より刊行された『銀河を渡る』を文庫化するに際して新たに編集し、二分冊にしたもののうちの一冊です。

沢木耕太郎著
深夜特急（1～6）
地球の大きさを体感したい――。26歳の〈私〉のユーラシア放浪の旅がいま始まる！「永遠の旅のバイブル」待望の増補新版。

沢木耕太郎著
人の砂漠
一体のミイラと英語まじりのノートを残して餓死した老女を探る「おばあさんが死んだ」等、社会の片隅に生きる人々をみつめたルポ。

沢木耕太郎著
一瞬の夏（上・下）
新田次郎文学賞受賞
悲運の天才ボクサー、カシアス内藤。その再起に自らの人生を賭けた男たちのドラマを〝私ノンフィクション〟の手法で描いた異色作。

沢木耕太郎著
バーボン・ストリート
講談社エッセイ賞受賞
ニュージャーナリズムの旗手が、バーボングラスを傾けながら贈るスポーツ、贅沢、賭け事、映画などについての珠玉のエッセイ15編。

沢木耕太郎著
チェーン・スモーキング
古書店で、公衆電話で、深夜のタクシーで――同時代人の息遣いを伝えるエピソードの連鎖が、極上の短篇小説を思わせるエッセイ15篇。

沢木耕太郎著
彼らの流儀
男が砂漠に見たものは。大晦日の夜、女が迷ったのは……。彼と彼女たちの「生」全体を映し出す、一瞬の輝きを感知した33の物語。

沢木耕太郎著

波の音が消えるまで
―第1部 風浪編／第2部 雷鳴編／第3部 銀河編―

漂うようにマカオにたどり着いた青年が出会ったバカラ。「その必勝法をこの手にしたい」――。著者渾身のエンターテイメント小説！

沢木耕太郎著

作家との遭遇

書物の森で、酒場の喧騒で――。沢木耕太郎が出会った「生まれながらの作家」たち19人の素顔と作品に迫った、緊張感あふれる作家論。

沢木耕太郎著

オリンピア1936
ナチスの森で

ナチスが威信をかけて演出した異形の1936年ベルリン大会。そのキーマンたちによる貴重な証言で実像に迫ったノンフィクション。

沢木耕太郎著

旅する力
―深夜特急ノート―

バックパッカーのバイブル『深夜特急』誕生前夜、若き著者を旅へ駆り立てたのは。16年を経て語られる意外な物語、〈旅〉論の集大成。

沢木耕太郎著

旅のつばくろ

今が、時だ――。世界を旅してきた沢木耕太郎が、16歳ではじめての旅をなぞり、歩き、味わって綴った初の国内旅エッセイ。

深田久弥著

日本百名山
読売文学賞受賞

旧い歴史をもち、文学に謳われ、独自の風格をそなえた名峰百座。そのすべての山頂を窮めた著者が、山々の特徴と美しさを語る名著。

田辺聖子著 **文車日記**

古典の中から、著者が長年いつくしんできた作品の数々を、わかりやすく紹介し、そこに展開された人々のドラマを語るエッセイ集。

田辺聖子著 **朝ごはんぬき?**

三十一歳、独身OL。年下の男に失恋して退職、人気女性作家の秘書に。そこでアラサー女子が巻き込まれるユニークな人間模様。

田辺聖子著 **孤独な夜のココア**

心の奥にそっとしまわれた甘苦い恋の記憶を、柔らかに描いた12篇。時を超えて読み継がれる、恋のエッセンスが詰まった珠玉の作品集。

田辺聖子著 **姥ざかり**

娘ざかり、女ざかりの後には、輝く季節が待っている——姥よ、今こそ遠慮なく生きよう、76歳〈姥ざかり〉歌子サンの連作短編集。

田辺聖子著 **姥ときめき**

年をとるほど人生は楽し、明るく胸をはって生きて行こう！ 老いてますます魅力的な77歳歌子サンの大活躍を描くシリーズ第2弾！

田辺聖子著 **姥うかれ**

女には年齢《とし》の数だけ花が咲く、花の数だけ夢が咲く。愛しのシルバーレディ歌子サン、大活躍！『姥ざかり』『姥ときめき』の続編。

有吉佐和子著
# 華岡青洲の妻
女流文学賞受賞

世界最初の麻酔による外科手術――人体実験に進んで身を捧げる嫁姑のすさまじい愛の葛藤……江戸時代の世界的外科医の生涯を描く。

有吉佐和子著
# 恍惚の人

老いて永生きすることは幸福か？　日本の老人福祉政策はこれでよいのか？　誰もが迎える〈老い〉を直視し、様々な問題を投げかける。

有吉佐和子著
# 悪女について

醜聞にまみれて死んだ美貌の女実業家富小路公子。男社会を逆手にとって、しかも男たちを魅了しながら豪奢に悪を愉しんだ女の一生。

井上ひさし著
# 新釈遠野物語

遠野山中に住まう犬伏老人が語ってきかせた、腹の皮がよじれるほど奇天烈なホラ話……。名著『遠野物語』にいどむ、現代の怪異譚。

井上ひさし著
# 父と暮せば

愛する者を原爆で失い、一人生き残った負い目で恋に対してかたくなな娘、彼女を励ます父。絶望を乗り越えて再生に向かう魂の物語。

井上ひさしほか著
文学の蔵編
# 井上ひさしと141人の仲間たちの作文教室

原稿用紙の書き方、題のつけ方、そして中身は自分の一番言いたいことをあくまで具体的に――文章の達人が伝授する作文術の極意。

新田次郎著

八甲田山死の彷徨

全行程を踏破した弘前三十一聯隊と、一九九名の死者を出した青森五聯隊――日露戦争前夜、厳寒の八甲田山中での自然と人間の闘い。

吉村昭著

羆（くまあらし）嵐

北海道の開拓村を突然恐怖のドン底に陥れた巨大な羆の出現。大正四年の事件を素材に自然の威容の前でなす術のない人間の姿を描く。

小林照幸著

死の貝

―日本住血吸虫症との闘い―

腹が膨らんで死に至る――日本各地で発生する謎の病。その克服に向け、医師たちが立ちあがった！ 胸に迫る傑作ノンフィクション。

坂口恭平著

躁鬱大学

―気分の波で悩んでいるのは、あなただけではありません―

そうか、躁鬱病は病気じゃなくて、体質だったんだ――。気分の浮き沈みに悩んだ著者が発見した、愉快にラクに生きる技術を徹底講義。

筒井康隆著

旅のラゴス

集団転移、壁抜けなど不思議な体験を繰り返し、一度も奴隷の身に落とされながら、生涯をかけて旅を続ける男・ラゴスの目的は何か？

筒井康隆著

家族八景

テレパシーをもって、目の前の人の心を全て読みとってしまう七瀬が、お手伝いさんとして入り込む家庭の茶の間の虚偽を抉り出す。

谷川俊太郎著
夜のミッキー・マウス
詩人はいつも宇宙に恋をしている——彩り豊かな三〇篇を堪能できる、待望の文庫版詩集。文庫のための書下ろし「闇の豊かさ」も収録。

谷川俊太郎著
ひとり暮らし
どうせなら陽気に老いたい——。暮らしのなかでふと思いを馳せる父と母、恋の味わい。詩人のありのままの日常を綴った名エッセイ。

谷川俊太郎著
さよならは仮のことば
——谷川俊太郎詩集——
代表作「生きる」から隠れた名篇まで。70年にわたって最前線を走り続ける国民的詩人の、珠玉を味わう決定版。新潮文庫オリジナル！

谷川俊太郎
尾崎真理子著
詩人なんて呼ばれて
詩人になろうなんて、まるで考えていなかった——。長期間に亘る入念なインタビューによって浮かび上がる詩人・谷川俊太郎の素顔。

多和田葉子著
雪の練習生
野間文芸賞受賞
サーカスの花形から作家に転身した「わたし」。娘の「トスカ」、その息子の「クヌート」へと繋がる、ホッキョクグマ三代の物語。

多和田葉子著
百年の散歩
カント通り、マルクス通り……。ベルリンの時の集積が、あの人に会うため街を歩くわたしの夢想とひと時すれ違う。物語の散歩道。

## 新潮文庫の新刊

乃南アサ著
### 家裁調査官・庵原かのん
家裁調査官の庵原かのんは、罪を犯した子どもたちの声を聴くうちに、事件の裏に潜む問題に気が付き……。待望の新シリーズ開幕！

燃え殻著
### それでも日々はつづくから
きらきら映える日々からは遠い「まーまー」な日常こそが愛おしい。「週刊新潮」の人気連載をまとめた、共感度抜群のエッセイ集。

松家仁之著
### 火山のふもとで
読売文学賞受賞
若い建築家だったぼくが、「夏の家」で先生たちと過ごしたかけがえない時間とひそやかな恋。胸の奥底を震わせる圧巻のデビュー作。

岡田利規著
### ブロッコリー・レボリューション
三島由紀夫賞受賞
ひと、もの、場所を超越して「ぼく」が語る「きみ」のバンコク逃避行。この複雑な世界をシンプルに生きる人々を描いた短編集。

藍銅ツバメ著
### 鯉姫婚姻譚
日本ファンタジーノベル大賞受賞
引越し先の屋敷の池には、人魚が棲んでいた。なぜか懐かれ、結婚を申し込まれてしまい……。異類婚姻譚史上、最高の恋が始まる！

沢木耕太郎著
### いのちの記憶
―銀河を渡るⅡ―
少年時代の衝動、海外へ足を向かわせた熱の正体、幾度もの出会いと別れ、少年時代から今日までの日々を辿る25年間のエッセイ集。

# いのちの記《き》憶《おく》

銀河を渡るⅡ

新潮文庫　さ－7－60

令和七年二月一日発行

著者　沢《さわ》木《き》耕《こう》太《た》郎《ろう》

発行者　佐藤隆信

発行所　株式会社新潮社

郵便番号　一六二－八七一一
東京都新宿区矢来町七一
電話　編集部(〇三)三二六六－五四四〇
　　　読者係(〇三)三二六六－五一一一
https://www.shinchosha.co.jp

価格はカバーに表示してあります。

乱丁・落丁本は、ご面倒ですが小社読者係宛ご送付
ください。送料小社負担にてお取替えいたします。

印刷・錦明印刷株式会社　製本・錦明印刷株式会社



ISBN978-4-10-123537-0　C0195